对面的小说家

纽约访谈录

吴永熹 著

人民文学出版社

图书在版编目（CIP）数据

对面的小说家：纽约访谈录／吴永熹著. -- 北京：人民文学出版社，2024
ISBN 978-7-02-018345-6

Ⅰ.①对… Ⅱ.①吴… Ⅲ.①小说家-作家评论-世界 Ⅳ.①I106.4

中国国家版本馆 CIP 数据核字（2023）第 211231 号

责任编辑	秦雪莹
责任印制	王重艺

出版发行	人民文学出版社
社　　址	北京市朝内大街 166 号
邮政编码	100705

印　　刷	三河市宏盛印务有限公司
经　　销	全国新华书店等

字　　数	168 千字
开　　本	850 毫米×1168 毫米　1/32
印　　张	10.75　插页 3
印　　数	1—8000
版　　次	2024 年 1 月北京第 1 版
印　　次	2024 年 1 月第 1 次印刷

书　　号	978-7-02-018345-6
定　　价	58.00 元

如有印装质量问题，请与本社图书销售中心调换。电话：010-65233595

目录

001 **奥尔罕·帕慕克:**
伊斯坦布尔是我遭遇人性的地方

015 **莉迪亚·戴维斯:**
碎片化的现实比完整的故事更有趣

039 **埃德温·弗兰克:**
《斯通纳》让我们去追问什么是好的生活

059 **科尔森·怀特黑德:**
在美国,种族主义是像瘟疫般的存在

071 **哈维尔·马里亚斯:**
在莎士比亚的指引下

107 **安·比蒂:**
写得越多,我就越不介意冒险

121 **乔伊斯·卡罗尔·欧茨:**
我是一个"透明"的作家

131 **保罗·奥斯特:**
我的所有写作都起源于一场可怕的意外

157 **科伦·麦凯恩:**
爱尔兰人是通过说故事联系在一起的

175 **乔纳森·弗兰岑:**
作家就是要走到最炙热的地方去

197 **大卫·米切尔:**
作家永远要保持"杂食性"思考

213 **理查德·福特:**
小说家就是带着同情去写重要的事

235 **乔治·桑德斯:**
作家的工作就像"接生婆"

247 **唐·德里罗:**
人们认为我是一个偏执的小说家,但我不是

267 **A.S. 拜厄特:**
我们身处一个对性过分着迷的社会

285 **E.L. 多克托罗:**
想要当一名好作家,你必须要有一种"越轨"的感觉

305 **萨尔曼·鲁西迪:**
如果你听不到人物说话的声音,就不要动笔写作

339 后记

奥尔罕·帕慕克

伊斯坦布尔是我遭遇人性的地方

Orhan Pamuk

采访时间_
2016年2月

采访方式_
邮件

对大部分中国读者来说，诺奖得主帕慕克与伊斯坦布尔这座城市难解难分。帕慕克的大部分小说讲述的都是这座城市的故事，包括我们熟悉的《我的名字叫红》《白色城堡》《黑书》，当然还有那本《伊斯坦布尔：一座城市的记忆》。

帕慕克的新小说《我脑袋里的怪东西》，写的依然是他最熟悉的伊斯坦布尔。不过，小说的主人公不是他笔下常见的、徘徊在东西价值观之间的富裕阶层，而是一个出身低微的底层小贩。在这本500多页的小说中，帕慕克透过底层小贩之眼，看伊斯坦布尔过去50年间纷繁的社会变迁。

小说主人公麦夫鲁特出生于距伊斯坦布尔七百英里的贫穷

乡村，十二岁时随父亲搬到伊斯坦布尔，开始了全新的人生旅程。他们是20世纪70年代伊斯坦布尔城市化移民大潮中的一员。和当时的许多乡村移居者一样，他们"扎根"伊斯坦布尔的方式是在市郊的荒山上非法建房，因为只要住进了一所房子，被从城市赶走的可能性就小了许多。于是，这些非法住房被用最便宜的材料，以最快的速度建了起来。这些常常一两天就草草盖起来的房子被称作"一夜屋"，在当时的伊斯坦布尔势如燎原。帕慕克用社会学家式的笔触写出了这些早期移民在伊斯坦布尔谋生、扎根的奋斗史。中国读者对这部分故事或许深有感触，因为我们有过同样的狂飙突进的城市化历程。

令人深感悲哀的是，就像所有初代移民一样，麦夫鲁特与他所生活的城市的关系是疏离的。伊斯坦布尔并不属于他，就像他抛在身后的乡村同样不属于他。在城市，他干过许多种营生——卖过钵扎（一种由小米发酵制成的含微量酒精的饮料）和酸奶，卖过彩票，卖过冰激凌，卖过鹰嘴豆饭——却从未发财致富。幸运之神似乎总是与他擦肩而过。然而，麦夫鲁特并不认为自己的人生是失败的。在社会飞速向前、身边人常常在欲望和野心中迷失的时代，麦夫鲁特却始终保持了善良与本真。尽管没有获得财富，他却获得了妻女的爱（他和妻子戏剧化的爱情故事是小说的核心之一）。他在伊斯坦布尔夜晚的街头挑着担子贩卖一种古老过时的饮品，脑子里幻想着各式各样的

"怪东西"，结识了形形色色的人，勾起伊斯坦布尔人对逝去之物、对奥斯曼时代的乡愁。在帕慕克看来，麦夫鲁特这个人物就是他要讲述的故事，故事便是麦夫鲁特这个人物。帕慕克说，他想要让一个汲汲无名的底层人物身上拥有哈姆雷特般的人性光辉。

2006年，在获得诺贝尔文学奖的同年，帕慕克成为哥伦比亚大学的客座教授，此后便一直在纽约和伊斯坦布尔两个城市生活。因为约访时不在纽约，和帕慕克的采访便以邮件形式进行。令人惊喜的是，帕慕克的回复既有书面的精确，又有对话般的从容不迫，使人觉得如在目前。

❖

吴永熹：《我脑袋里的怪东西》在你的书中很特别，它的主人公是一个街头小贩，而你之前的许多作品描写的都是和你一样的人，也就是伊斯坦布尔的中产阶级或中上阶层。这次为什么想写一个底层小贩？去想象一个生活经验与你相去甚远的人，是否很有挑战？

帕慕克：小说要展现的不仅是作家本人的人生，还有他所生活的那个世界。小说不仅是自我表达，也是对他人的呈现与表达。事实上，小说的艺术正在于，你在书写和呈现他人之时，读起来却好像是在表达你自己。

就这本书而言,我一开始就计划写一个身处底层的人,我希望能展现他身上丰富的人性。开始写作后,小说越变越长。我做了大量研究,找了许多街头小贩聊天,从这些形形色色的人那里,我对伊斯坦布尔城市生活的肌理有了更深的了解。然后,就像一本狄更斯式的19世纪小说一样,这本书也越来越长了。因为我想原汁原味地展现这些不同人物的个性,展现他们的语言色彩,所以这部分我用了第一人称来叙述。这些人中有酸奶小贩,有卖米的,有退休警察,有前黑帮成员,有收电费的,有卖羊肉串的,他们向我讲述了他们怎样在蛮荒时代建造了非法住宅,他们的营生,他们怎么在街边摆小吃摊,怎么逃开警察,还有他们骗人的小把戏什么的。他们的语言是这本小说很重要的一部分。

吴永熹:很多人认为《我脑袋里的怪东西》是一本温暖的书,很大程度上是因为主人公麦夫鲁特这个角色。尽管麦夫鲁特的人生充满不幸,但他却总能保持乐观,他个性中纯真与正直的一面也十分感人。就这本书来说,你从一开始就知道麦夫鲁特是一个什么样的人吗?

帕慕克:在这本书里,人物就是故事,故事从根本上来说就是麦夫鲁特这个人物。麦夫鲁特是一个乐观、善良的人,但却并不天真。就像你说的，他是一个纯真的人，但这种纯真充满了戏剧性。

我面临的挑战是，如何在写一个底层人物时，让他拥有像哈姆雷特或卡拉马佐夫兄弟那样的独特个性，如何让他成为一个更丰满的人物。这些小细节在写作刚开始时都是不确定的。写长篇时，你是先从一个角落开始，慢慢再去发展它。你会想到一个新东西，回去修改，再想到一个新东西，再去修改，就像画画或素描。我想要做的是让我的小说人物与众不同。在他孤独、纯良的个性之外，他有着好奇的一面——这些东西是我给予他的，它们在小说中很关键。

吴永熹：你是想将麦夫鲁特塑造成一个道德楷模吗？或者说，在某种程度上，创造这个人物，是为了给高速发展却腐败盛行的土耳其社会打一针解毒剂吗？尽管属于最早的那批移民，麦夫鲁特并没有像他的许多亲友一样富起来，这是因为他比大多数人都要诚实。你似乎在说一个人人生的意义不在于他是否成功，而在于他的品德，他怎样对待他身边的人。

帕慕克：是的，就像我说过的，麦夫鲁特是一个好人，一个善良的人，但他却并不天真。我和我的读者都很喜欢他对他妻子很好这一点，这在土耳其社会不太普遍。大多数像他这样文化和社会背景的土耳其男人都喜欢去泡茶馆，晚上喜欢和别的男人聚在一起抽烟打牌，或是去找别的消遣。

不过，我也并不想将麦夫鲁特理想化。他的"好"是故事的一部分。我也不想说因为他很好，他的人生就会举步维艰。很显然，虽然他急需要钱供他的女儿们接受教育、让他的妻子过上好生活，但他并没有将金钱看作成功的来源，也没有什么虚荣心。十八年里他一直和妻子还有两个女儿住在一个只有一个房间的小家里。

吴永熹：《我脑袋里的怪东西》不仅讲述了麦夫鲁特和他家人的故事，也记录了过去半个世纪土耳其的社会变迁。你认为它是一本社会小说吗？

帕慕克：社会小说是一种过时的、差劲的形式。它毫无生气，不过是一种意识形态宣传工具。我想，在这个意义上，我的小说和那种陈旧的、了无生气的、仅仅是像百科全书一样记录社会或完成意识形态思考的社会小说不沾边。

但另一方面，如果一本社会小说要向我们解释社会发展变化背后的原因，讲述日常生活的变化，那么它一定要用一种活泼的方式来呈现。为了实现这个目标，我对记录日常生活的细节十分仔细，我写了人们怎样上学，怎样去电影院看电影，当时的广告是什么样子的，人们怎样去清真寺做礼拜，怎样饮食起居。

酸奶就是一个很好的例子。在我小时候，酸奶连瓶子都没有。它是由小贩挑着担子在街上卖的，到后来才有了瓷杯、玻璃杯、纸杯、塑料杯。有了小车、卡车、分销机制、制服、广告，以及一整套的城市文化。那些记录了这种微型社会变迁的小说是我喜欢的。而且我本人的脑子里也总在忙着记录这些微型的社会变迁，在某种意义上，你可以说我是一个怀旧主义者，因为我喜欢去思考一幢楼、一间店铺在二十年前、三十年前、四十年前和不久之前都是什么样子的。在这个意义上，我是一个真正的伊斯坦布尔人。

是的，我的小说是对伊斯坦布尔社会生活的记录，但其中有许多反讽、创新和想象。很可惜，上一代的社会小说家对于这些细节的关注不够，对他们来说，社会小说就是关于意识形态、阶级冲突的小说。麦夫鲁特确实是一个出身底层的人，他被他的阶层所界定，但小说中生动、反讽的一面，他奇奇怪怪的想法和他身上的人性光芒超越了阶级性以及社会小说这一范式的局限。

吴永熹：你在这本书里写到了最早那批从乡下迁徙到伊斯坦布尔的移民，写了他们怎么在市郊的荒山上建起无数的"一夜屋"，移民中亲友之间复杂的人际关系，贫民窟的社会结构，这一部分故事让我印象深刻。这部分的写作难度大吗，你是怎样去做这些社会学方面的研究的？

帕慕克：写这本书时，我意识到我并没有把那些访谈看成"研究"，因为我太喜欢和那些人聊天了。现在我拥有一个和伊斯坦布尔不同人群的访谈的档案库，它可以成为未来小说的基础。比如，我想写一本关于20世纪六七十年代的出租车司机的小说，所以我就去找这些人聊天。我发现人们都很喜欢讲述自己的人生故事。当然，最终，小说的价值不取决于这些研究，作家首先要得到准确的细节，剩下的就是他自己的想象，或是他塑造人物的方法。

写这本书时我第一次请了一批大学生做研究员，他们会出去找人聊天，获得细节。有时候他们会把其中一些人介绍给我，如果我发现一个人很健谈，我一定会很用心地聆听。

吴永熹：麦夫鲁特的爱情故事是书中的一个核心。这个故事有一个美好的开始——麦夫鲁特在堂兄的婚礼上对嫂子的妹妹一见钟情，之后，在两人再未见面的情况下，他给她写了三年情书。但三年后，故事来了一个惊人的转折——他发现和他私奔的那个女孩并不是自己梦想中的那个人。你似乎在强调某种对爱情的不同看法。

帕慕克：麦夫鲁特娶了他爱上的那个女孩的姐姐，整件事很戏剧化，也很不合理。因为，事实上他只是远远地看了那个女孩三秒钟,他和他"爱"的、他写情书的那个女孩之间并没有感情。

娶你爱的人的姐妹为妻是一个古老的故事。圣经故事中,雅各和拉结的故事就是这样的。列夫·托尔斯泰娶了自己想娶的那个女孩的妹妹。我喜欢伊塔洛·斯韦沃的《泽诺的意识》,它是对一个有着吸烟恶习的商人的心理分析,此人也娶了自己想娶的那个女孩的妹妹。斯韦沃的泽诺在600页里不停抱怨,而麦夫鲁特在600页里一直都很快乐。也许他快乐的秘密就是他这个角色的秘密和这本书的逻辑。

吴永熹:这本小说似乎在批评土耳其社会对待女性的方式。尽管过去几十年间土耳其在经济与社会层面变化巨大,女性的地位却几乎没有任何改变。

帕慕克:是的,土耳其急需一场女权主义革命!我们的官员甚至在电视上宣扬女人就是应该待在家里带孩子。最近,土耳其统计局公布数字,土耳其65%的财产都是注册在男性名下。我想在我的小说里以一种直白的方式写出女性在日常生活中受到的压迫。我写她们做家务,照顾小孩,从街头小贩那里买东西,管理日常支出。在为她们的丈夫、孩子、父亲、丈夫的父亲做这一切的时候,她们的习惯根深日久,她们连家门都不愿意出了。

吴永熹：对土耳其人来说，钵扎这种饮料有多特别？它对你本人有什么特别的意义吗？

帕慕克：有趣的是，因为我的书对钵扎的礼赞，它在土耳其重新变得流行起来。对此我挺不高兴的。我写的是小贩，不是他们卖的东西！当然，钵扎引发了关于饮酒、伊斯兰文化、身份、宗教和国家的讨论，这是小说中想要探讨的。

就像我在书中描述的，在我小时候钵扎是一种非常浪漫的饮料。我们喝它不是为了它的味道，而是为了一种仪式感。在寒冷的冬夜里，一个钵扎小贩从街头走过。奥斯曼时期的土耳其人喜欢它，因为它让饮酒成为合法行为——它只含有微量酒精，让你觉得不是在喝酒。我小时候很喜欢看农民打扮的小贩叫卖钵扎，它会让我联想到奥斯曼时代。在五六十年代，我会和我的祖母、家人一起，从楼上呼唤小贩上楼来——就像在书里写的那样。

吴永熹：你关注的是钵扎的文化意义。

帕慕克：是的。在为这本书做研究时，我发现钵扎小贩们自己也知道很多人买钵扎是为了一种仪式感，为了和某种传统的、属于古老辉煌的奥斯曼时期的事物发生联系。在这本书的核心处，有许多这种关于身份认同和文化传承的讨论。比如保存古老的事物是不是一种道德责任？国家认同是否来源于宗教？这些是对我很重要的问题，我在其他小说里也常常探讨。所以，将这种含有微量酒精的饮料写进小说，将这种属于奥斯曼时期的浪漫事物与今天快速喧嚣的城市生活做对比，在我看来是一个很妙的想法。这些都是小说中互相竞争的元素。

吴永熹：你谈到钵扎浪漫的一面，而《我脑袋里的怪东西》这个标题指的是麦夫鲁特深夜独自一人在街头游荡时脑子里各种各样的怪想法，它们也给小说增添了一个浪漫、诗意的层次。书中诗意的一面对你有多重要？

帕慕克：非常重要。在两个层面上我对麦夫鲁特的认同感很强。首先，他是1969年就来到伊斯坦布尔的早期移民，并非出身上层，对过去的事物没有那种贵族式的怀旧感。他是一个在新城市里打拼、创造未来的普通人。但四十五年后，他却有一点绝望，他感到了一种存在的困惑，因为由他亲手创造的属于70年代的东西基本都被拆光了。就像北京、上海一样，他的周围到处都是摩天大楼。对这些变化他和我一样不安。在书的结尾，他和我一样，感觉无所适从。

第二点则很私人。从小时候一直到二十岁出头，我的朋友们都会对我说，奥尔罕，你的想法很奇怪。很多年后，我读到了华兹华斯的《序曲》，"我脑袋里的怪东西"是里面的一行诗。

我当时就想，有一天我要以这句诗为题写一本小说。我强烈地认同麦夫鲁特，他浪漫的想象力和华兹华斯的诗很像。浪漫主义诗歌是一个英国事物，但我们不需要通过英国文学专家来理解对方。就像麦夫鲁特一样，我们的脑子里都有许多浪漫的想法，表达它、记录它、理解它与其他事物的联系是作家的责任。

吴永熹：第一点许多中国读者也会有共鸣，因为同样的故事也发生在我们自己的城市和家乡。你写了很多关于伊斯坦布尔的书，也许很多读者会将这本书看作又一封写给伊斯坦布尔的"情书"。接下去你的计划是什么？有没有想过将故事设定在其他地方？

帕慕克：我不想将伊斯坦布尔浪漫化。我也许是想将人文主义浪漫化。我写的是人和人性，因为我的一生都是在伊斯坦布尔度过的，我对人性的遭遇都是在那里发生的，所以事实就变成我总是在书写它。

莉迪亚·戴维斯

碎片化的现实
比完整的故事更有趣

Lydia Davis

在我采访的所有作家中,莉迪亚·戴维斯大概是我最熟悉的一位了。大约在2012年的时候,我读到了她的"超短篇小说",一时惊为天人。那时候她还是一位相当小众的作家,只是在作家圈和狂热文学读者当中享有隐秘而特殊的声望。2013年,她获得了分量十足的布克国际奖(在未改规则之前,布克国际奖可被看作某种"终生成就奖",在她之前的获奖作家有伊斯梅尔·卡达莱、钦努阿·阿契贝、爱丽丝·门罗和菲利普·罗斯)。得知她获奖的消息时我和出版人楚尘都十分激动,因为这个好消息到来的时机也太"完美"了一些。就在不久之前我才把戴维斯的小说推荐给楚尘,并告诉他我有意尝试翻译。我把当时已经译出的几篇样稿发给楚尘，他读完样稿后便立刻决定引进。他和我一样，也被戴维斯那些独特而充满灵气的小说和她刀锋般精确的语言迷住了，觉得必须让它们被中国读者读到，并不介意戴维斯其人名气几何。没想到短短几个月之后，这位原本只被圈内人知道的小众作家突然便得到了国际大奖的加冕，这对于首次接触文学出版事宜的我，也是妙事一桩了。此后几年，我又翻译了两本戴维斯的小说，每一次我都沉浸其中。

对戴维斯的采访就可以说是一件顺理成章的事了。不过，和别的访谈稍有不同，这篇访谈是分两次完成的。第一次是在戴维斯获得布克奖后，我通过邮件形式对她进行了专访。第二次则是在2013年，我去纽约旅行时特地前往戴维斯居住地附近的小镇，我在戴维斯挑选的一家意大利餐厅里对她进行了面访。尽管采访素材早已完成，我当时供职的《新京报》文化副刊部却决定将访谈延后发表，以配合戴维斯小说集第一部《几乎没有记忆》的出版。当时的编辑部也可谓对戴维斯的小说充满期待。采访最终发表在了2015年《新京报》"阅读周刊"1月版，因版面限制，发表时有删节，此为访谈全文。

❈

吴永熹：你在布克国际奖的获奖演说中提到你没有料到自己

会获奖。得知获奖的消息时是什么感觉?

莉迪亚·戴维斯:就像我当时说的,我确实感到相当惊讶。这不仅是因为短名单中还有不少作家是我很喜欢的,也因为我的写作风格的确是相当怪异的。得知获奖让我很激动,又像在做梦。

吴永熹:你最广为人知的是短篇小说。以我的视野,只写短篇的大作家并不多,部分原因或许是长篇小说似乎更能吸引读者注意。在你刚开始写作的时候,你就知道自己要专注于创作短篇,而非长篇或诗歌吗? 你对写短篇的兴趣与信心主要来自哪里?

莉迪亚·戴维斯:是的,在我刚刚开始写作的时候我就知道我要写短篇。不过,我同时也在写诗。多年来我不断地回到诗歌,但我觉得我对诗的投入一直不够深,未能让自己真正地掌握这门艺术。我写了一部长篇,这也仅仅是因为这个作品需要比短篇更大的篇幅。我认为它是一个优秀的、扎实的长篇,虽然它的主题比较窄。我没有理由去怀疑短篇小说的能量,而且我一直在不断地探索你可以在一个较短的篇幅中做什么,这一点是我很喜欢的。

吴永熹:布克国际奖的评委在评价你的小说时认为它们极具原创性,并且"难以归类",这一点在那些超短篇中体现得最为明显，许多更像是观察笔记与随想（用你本人的话来说）。那些篇幅较长的作品虽然与传统短篇小说更接近，却依然独具一格——它们情节性较弱，缺乏事件的进展，大多数也没有传统意义上的戏剧性高潮。你是从什么时候认识到一个故事在剔除了这些元素后仍然成立，并且可能会更好？这种突破是怎样发生的？

莉迪亚·戴维斯：在我刚开始写作的时候，我其实在很努力地学习怎样创作一个传统的短篇小说，也就是具备你所说的所有元素的那种小说。尝试了几年之后，我读到了拉塞尔·埃德森（Russell Edson）的超短篇小说——埃德森主要是一个诗人，他将他的这些作品称作诗歌。埃德森的这些作品对我震撼很大，读到他之后，我意识到我自己也可以去写像那样的超短篇。我突然意识到我不用费尽心力地去写那种我本来也不是很感兴趣的故事。我可以尝试去写一些短得多、奇怪得多的作品。在这些短故事中，所有你提到的那些要素都不再重要了，一切都变了。我用这种形式写了相当长一段时间。之后，当我再回归到更长的作品中来时，我处理它们的方法也大不相同了——我不再受到规则的束缚了。

吴永熹：你的小说给我的感觉是非常接近真实生活，它们有一种直接的、就事论事的特点，给人感觉就像是从真实生活中直接提取出来的。换句话说,这些作品读起来"文学变形"的成分很少,我认为这一点正是让你的作品读起来十分新鲜、有力的原因之一。这是你写作时的目标吗?

莉迪亚·戴维斯:是的,我认为我确实是想尽可能地贴近真实的生活,展现它的混乱、它的碎片性,并且尽量接近人们的意识运作的真实方式。更重要的是,我一直以来就比较抗拒虚构文学的"刻意性"(artificiality,有"不自然""矫揉造作"之意)的那一面。当然了,最好的作品总是能超越这种刻意性,让读者完全忘记它的存在。

吴永熹:能否多解释一下这种"刻意性"?

莉迪亚·戴维斯:这一点很复杂。我总是会对事物有一种直觉性的反应,然后我会去试着分析和理解我为什么会有这种反应。当我说我抗拒某种文学形式的"刻意性"时,我想我指的是那种艺术构造(artifice)过于明显的作品,在这些作品中,作者调用的艺术手法(device)过于明显。不过,在某种意义上,所有的文学形式都带有人为构建的感觉。比如西方文学里的十四行诗:总共十四行,由一段八行和一段六行两个部分组成,有一套押韵规则,有特定格律(五音步抑扬格)。这种形式是高度格式化的,但最好的十四行诗能够超越它的形式——诗作中的情绪和语言之美如此强大,以至于十四行的形式、它带来的局限只会加强诗中的情绪与语言能量。我想我在自己的作品中想要实现的是让语言和情绪足够强、足够有趣，以使故事的形式看上去是不自觉的——几乎是种意外。

吴永熹：这个问题与前面有关"文学变形"的问题也有一定关系。我想许多作家都害怕自我暴露，乔纳森·弗兰岑在《巴黎评论》的访谈中谈到他的方法是"虚构一些足够不像他的人物来承担他本人的材料的重负"。你似乎不这样想，许多评论家都谈到了你作品的自传性。你会担心这些作品被当作自传性作品来读吗？

莉迪亚·戴维斯：我的小说常常被当作自传性作品来读，这一点并不怎么困扰我。我将我本人的生活当作材料，但我使用这些材料的方法与其他材料是一样的。比如，我观察到的其他人的互动，我听到的其他人的谈话，我的朋友们的经验，我从书中或文章里读到的东西，我从收音机里听到的只言片语等等。最重要的是这些材料是怎样被组织起来的。如果你小心地去组织它、处理它，它就会超脱它的来源，变成一种完全不同的东西。就算我本人的经验有时碰巧是一个作品的来源，在作品结束的时候，我与它也毫不相干了。

吴永熹：评论家詹姆斯·伍德认为"selfishness"（通常翻译

为"自私",此处的含义更接近"自我中心")是你作品的真正主题,他的评论文章的题目就叫作《自我之歌》。在我看来,你作品中作者的"在场性"很强,你的全部作品似乎可以归纳为"我观察到和我想到的东西",即便是强烈的情感也经由思考来中介。你认同这种对你作品的观察吗?

莉迪亚·戴维斯:我觉得有必要回去看一下伍德是在哪种意义上使用"selfishness"这个词的,因为他显然不是指一个人只在乎为自己谋求好处的自私自利。

吴永熹:他的进一步解释是:自我的蛮横的存在,自我的持续不断的内在声音,无法逃离你是谁的困境。

莉迪亚·戴维斯:是的。在我的故事中,自我(the self)——任何人的自我(oneself)确实是问题重重的,令人费解的。或者至少是需要被质疑、被探询的。无论如何,最终,一个人的自我总是一个谜。

回到你之前的问题,我同意我的作品总是围绕着一个叙事者对于某些事的沉思或思考而展开——不管是关于她自己,还是关于外在于她的事情。当然,在某些故事中,在读者与外部世界之间根本就没有一个叙事者来充当中介。你提到在我的故事中情感也会由思考来中介,我需要再回去看一看。是经常如此,还是所有的故事中都是这样?但这不正是一个好奇的自我的本质吗？——一个人总是想弄明白她在特定情境下为什么会有某种情绪，某种反应。

吴永熹：你的早期作品中有很大一部分是关于孤独的。为什么孤独对你来说是一个如此重要的主题？你所做的似乎是在寻找检视与描绘孤独状态的新方式。

莉迪亚·戴维斯：我想大部分作家都更经常在受到困扰而非快乐的时候去写作。快乐经常是可以被分享的，或者说它是一种稳定的、令人满足的状态，所以在快乐的时候我们会去做别的事，一些可以与他人一起做的事；而写作并不是一件很容易被分享的事。写作对我来说早已成了一种习惯，我在对任何事情产生兴趣的时候都会试着把它写下来。如果一种情感状态——例如孤独——会以任何方式让我感兴趣，我就会去书写它。或者另一种表述方式是，我会检视、思考几乎一切事物，如果孤独这个主题有任何层面是我未曾预料的，我会去思考它，也极有可能会把它写下来。我不会积极地去找我要观察和思考的新东西，我的方法是永远对新想法、新印象保持开放。

吴永熹：你作品的另一个特色是你经常是从一个极为局限的视角来写的，你对展现其他角色的动机与思考似乎不感兴趣。

莉迪亚·戴维斯：是的，大多数时候我不想做一个全知全能的作者。我想我的这一类作品是一种完全不同的东西,在某种程度上它们不是非常"小说化"的(fictional)。我早期的东西比较像小说,但随着时间的推移,我的作品越来越非小说化。我也喜欢去思考他人的头脑中在想些什么,他们的生活中发生了什么,但在写作中,我习惯于待在原地,猜想和推测别人的想法,而不愿意创造一个完整的人,并假装我知道关于他的一切。

吴永熹:这样做有什么根本的原因吗?

莉迪亚·戴维斯:我不是很清楚。一个更传统的作家可能会说,"那个角色完全攫取了我,我觉得我理解了关于他的一切"。但就我本人而言,我总是觉得碎片化的现实要比完整的故事更有趣,所以我宁愿去描写那个坐在阳光下的男人,他的头上盖着一片纸巾,这让他有那么一会儿看起来很好笑(注:这个中年男人是我们进行采访的餐厅里的一位食客,坐在离戴维斯和我坐的桌子不远的地方)。我觉得记录这个细节要比虚构一个不那么有趣的人生更好玩。我特别珍视像这样的现实片段,我觉得它们常常要比我自己的虚构创造更有价值,所以我会越来越留心像这样的细节。我想这是我写作的一个大致的演变方向。在我刚开始写作的时候,我根本无法预计到这种变化。

吴永熹：你认为这种变化是怎样发生的？

莉迪亚·戴维斯：我想这是一个自然的过程。在你年轻的时候，你不知道在写作中都有哪些可能性，你只知道你知道的那些东西。然后你看到了其他的可能性，于是你的写作也随之发生变化。我们之前谈到了拉塞尔·埃德森对我的影响，我记得我那时是极为享受写那样的小说的。我那时写的东西都是非常"小说化"的，尽管它们更短、更奇特，但它们都是虚构出来的，我很享受创造它们的过程。但我想我现在不会再回去写那样的东西了。

吴永熹：你小说的文体特色极为鲜明，大卫·伊格斯（Dave Eggers）认为你是"当今在世最具个性的散文文体家之一"。我想这体现在许多层面——每一个故事的集中性、准确性，你对于朴素或平淡的语言的偏好，你对于声音和节奏的极大关注等等。这种文体风格是怎样形成的？有哪些作家在这方面对你产生过影响吗？

莉迪亚·戴维斯：这一点不太好确定。我知道最吸引我的作家都是风格朴素的作家。但另一方面，这同样的朴素性又可以在最雄浑的文本中找到，例如在莎士比亚的作品中。比如，莎士比亚著名的"生存还是毁灭"（to be or not to be）全都是单音节的词，未经修饰，却传达出一种极大的紧迫感。而

《圣经·诗篇》中那句"是的,我虽然行过死荫的幽谷"(Yea, though I walk through the valley of the shadow of death)也同样是朴素而有力的。不过我在读到更抽象、更抒情(lyrical)的语言时也会很享受——例如英国诗人杰拉德·曼利·霍普金斯(Gerard Manley Hopkins)作品中那复杂的句式和丰满的语言就让我很感兴趣。在一些故事中我尝试过用一种更华丽的语言写作,但后来我发现我又会把它们改掉,改为一种更简单的语言。究其原因,可能又要回到我们之前所谈到的那种对于"矫饰感"的抵触。

吴永熹:在谈论文体问题时,我很感兴趣的还有你的句子结构。在有些故事(例如《拆开来算》)中,你的句子很长,有的甚至延伸到整整一段话,而有时你的句子又是短小而破碎的。你怎样决定选用哪种句子结构?是出于平衡节奏感的考虑,还是取决于人物思考的"速度"?

莉迪亚·戴维斯:我并不会有意识地去决定使用什么样的句子结构,而是会针对故事的本质不同来做出反应。我的故事常常是一个处于特定情绪中的角色的独白,句子的特点则会由具体的情绪和叙事者的性格来决定。就像在生活中,我们说的话也是视我们的情绪变化而改变的。不过的确,我会注意平衡不同节奏与特点的句子,但这也是依据直觉来判断,并非刻意为之。

吴永熹：据我所知，你从小就接受了很好的音乐教育，你会弹钢琴、拉小提琴，还上过音乐理论课。你觉得音乐对你的写作有什么影响吗？

莉迪亚·戴维斯：有一个学期我都在学习音乐理论（我不记得我具体修了几门课），学习乐曲结构、乐段的进展等等。在老师弹奏一个作品的时候，我们要留神去分辨它的结构，比如指出哪里是"桥段"之类。我想，这种强化的训练、这种仔细的聆听加强了我的"结构感"，让我对于什么是平衡的结构有了更深刻的认识，而这种感知在各种艺术形式中其实都是有用的。在我本人的写作中，我会对故事的结构有一个直观的感觉，但我不会用一种外在的方式去规划它。

吴永熹：除了写作外，你还是一个法语文学译者，你翻译的作家包括福楼拜、普鲁斯特、莫里斯·布朗肖和米歇尔·莱利等。为什么会对这些作家感兴趣？

莉迪亚·戴维斯：他们每个人对我的吸引力都是不同的。事实上，你提到的每个作家都是出版社邀请我来翻译的——除了莫里斯·布朗肖之外，我想是我向出版社推荐了第一本书（注：此书为《死刑判决》，有中译），之后出版社又找我翻译了剩下的那些。这些作家的共同点是,他们对于那种特别具有表现力的语言的能量与局限都有十分清醒的认识,并且他们写作时都带着一种强大的自我意识。而这和我本人的看法是一致的。当然,他们每个人都很不同。我想到最后我在普鲁斯特的语言中沉浸得最深,感觉与他最为亲近。但就连这一点也很难说,事实上我在翻译布朗肖和莱利的时候他们都还在世,我和他们都保持过通信,有过密切的交流。

吴永熹:这个问题你可能已经被问过了,但是我很好奇。在你开始写一个故事的时候,你是否就已经知道它会是什么样子?许多作家都说他们事先不知道故事的走向。

莉迪亚·戴维斯:这取决于具体情况。因为我的许多故事都很短,有的只有一两行,在这些情况下,我确实知道那就是我想要的全部,我事先就知道了。在另外的一些故事中,我并不总是知道这个故事要怎么结尾。我可能知道故事的主体是怎样的,但我不知道最后的结尾是什么。有些故事会让我吃惊,因为我起先以为它们会很短,或许只有一段话,但后来我发现我想要放进去的东西比那多得多,故事变得越来越长。所以就像我说的,除了最短的那些,我往往不知道一个故事会变成什么样子。而且我觉得这一点很重要,我更喜欢不知道会发生什么的那种感觉。

吴永熹：你能具体说说那些让你吃惊的故事吗？——那些最开始很短，后来变得越来越长的那种。

莉迪亚·戴维斯：我能立刻想到的一篇是《卡夫卡做晚餐》，我一开始预计这个故事只有一页纸的篇幅。后来我想要在故事中放入更多卡夫卡本人的语言，因为这个故事是从卡夫卡本人的视角来讲述的。如果卡夫卡要开口说话会是什么样子？卡夫卡是我最仰慕的作家之一，我突然意识到我不想去编造太多他的语言，所以我去找了他给米莲娜的书信集来读。我想是给米莲娜的，又或者是菲丽丝？我现在已经记不清了（注：是卡夫卡写给米莲娜的信）。

我想知道的是当卡夫卡给朋友写信或是对她们说话时，他的语言是怎样的。我发现这些信件中有太多美妙的语言了。有时候我在工作时会是非常系统、非常全面的，全面到让人痛苦。为了写这个故事，我把那些信中所有我喜欢的句子都抄了下来。之后我发现这些句子我全部都想用！为此，我必须去构建一个足够长、足够复杂的故事，让我有机会把这些句子都放进去。所以这个故事中的大部分语言都是卡夫卡本人的语言，而其中最好的语言都是卡夫卡本人的语言。

吴永熹：很有趣。我特别喜欢那个故事！

莉迪亚·戴维斯：（笑）我也是。我不介意这么说，是因为其中的语言大部分都是卡夫卡的。

吴永熹：你觉得语言的美感是你写作时最大的关注点之一吗？你认为你在自己的散文文体中想要实现的是什么呢？

莉迪亚·戴维斯：是的，语言的美感对我来说非常重要，但是这种美感既可以来自典型的优美的文辞，也可以来自奇怪的、笨拙的文体。我认为在那种笨拙的、不合语法习惯的语言中也存在某种美感，或者说，也可以存在美感——我们必须懂得去聆听它。前几天我刚刚学到了一个新词（我总是不断发现新词汇）："mausolean"（大而阴森的）。我这几天一直在欣赏这个词，一遍又一遍地对自己重复这个词。它是"mausoleum"（陵墓）的形容词形式，这个漂亮的、相对长的词指的是一个相当阴森的事物。我从前不知道这个词的形容词形式可以用来形容某种阴森的、看起来像陵墓的东西。那么，从音韵的角度来说，它并不是一个典型的优美的词——它的美感来自它的力度和专门性。我期待着用到这个词。

但是说实话，语言的美感并不是我最关心的事。如果是这样的话，我的作品可能会是优美的，但却是空洞的。除了语言的有效性之外，我最关心的还有我对于我的写作对象情感反应的力度，我创造的角色是否有趣，我对于人类心理与情绪的观察是否有趣。

吴永熹：你怎样看待题材问题？你的灵感和材料是从哪里来的呢？

莉迪亚·戴维斯：材料对我来说不是一个问题。也许因为我写作的方式比较非常规，比较灵活，我常常会使用现成材料（found material）。我现在面临的是相反的问题——我想要完成的项目太多，我需要活很久才能将它们都写完！通常我手上会有一个比较长的、持续进行的项目——过去是一本译著，现在我开始只翻译较短的作品了。翻译这件事有一个好处，它会减轻写作的压力，我不会经常感觉我有义务去写作。我还喜欢同时写好几个故事，这样我可以在它们之间随意转换。

吴永熹：你能谈谈《罗伊斯顿的旅行》这个故事吗？这篇故事就是根据你所说的"现成材料"创作的。你是怎么接触到罗伊斯顿子爵（1784—1808）身后出版的日记的？为什么会对这个材料感兴趣？

莉迪亚·戴维斯：这一篇其实是根据罗伊斯顿给他家人的信写成的。罗伊斯顿在生命的最后一年去了北欧、俄罗斯、中亚做了一次长途旅行，旅途中他一直在给家人写信。他的家人保存了那些信，在罗伊斯顿死后（他在旅行即将结束、离家很近的时候遭遇了船难），这些信与他在大学期间翻译的一部古希腊作品一起出版。我在一家图书馆找到了这本书，因为我对他的翻译感兴趣。我之前不知道这些信的存在，但当我开始读的时候我立刻就入迷了。这些信被藏在了这本早已绝版、再也不会有人去读的书里，所以我决定要从中提取材料，利用它们创作一个我本人的文本。

吴永熹：你在对美国作家琳恩·蒂尔曼（Lynne Tillman）的采访中问的一个问题我很感兴趣。你的问题是"那些进展顺利的、写作过程让人很享受的作品是否比那些全程都很难写的作品更好？"我很好奇你本人对此的经验是什么？

莉迪亚·戴维斯：哦，这个问题又回到我这里了！如果进展顺利的作品最后质量也更好，那会是一件很美妙的事，但对我来说并不是这样。我的有些早期作品是十分难写的，有一个故事我甚至用了好几年才写完！这个故事是《在某个北方国度》("In a Northern Country")，我想它最后的结果还是不错。但有一些写得很快、很容易的作品也不错。重要的是，对一个难写的故事不要轻易放弃，不要在它还没有被完全改好的时候就感到满足。

吴永熹：你可以和我们谈谈你的出版历史吗？在你开始写

作那些风格奇异的短篇时,人们是否立刻就读懂了?你的朋友们喜欢吗?

莉迪亚·戴维斯:嗯,让我想想看。我的朋友们自然是读懂了,他们一直都很感兴趣,一直喜欢我的作品。其他和我同龄的作家也对我在做的事感兴趣,那也不是一个问题。我的第一本书是由一个叫《活手》(Living Hand Editions)的小杂志出版的。这本杂志是保罗·奥斯特和米切尔·西希肯德(Mitchell Sisskind)在20世纪70年代创办的,他们也很喜欢我的作品。

在大出版社出书用了比较长时间,但那对我来说并不是问题,我不觉得自己曾经为此感到挫败。《活手》的那本书是1976年出的,之后,在1981年和1983年,又有两本书在小出版社出了,那些编辑也都很热情。我的第一本正式的书是《拆开来算》,那是1986年在FSG出版的。我不记得当时曾经为此而沮丧,我面临的真正挑战是学习怎样写出好作品,我想做的只是实现我对自己的期望。况且我获得了来自其他正在写作的朋友们的支持,这就足够了。

吴永熹:我知道你的父母都是作家,他们喜欢你的小说吗?

莉迪亚·戴维斯:我的父母对我写的东西有些抗拒。他们都是有趣、聪明和富有冒险精神的人,但他们对写作的看法比较传统。他们也不喜欢贝克特的小说。他们喜欢的作家都是比较正统的现实主义的，例如海明威、菲茨杰拉德、DH 劳伦斯、凯瑟琳·曼斯菲尔德。他们喜欢的是更完整的、更接近日常生活的小说，而我写的是更简短的、带有幻想性质的那一类小说。虽然他们不理解，但这并未阻止我，我还是继续写我想写的东西。我想在那个年纪，如果你身边有一群聪明和富有创造力的朋友喜欢你的作品，这甚至比你父母的看法更重要。

吴永熹：我对你作品的接受史感兴趣是因为它们是如此不同，你是从什么时候开始感觉文学界正面评价你的作品了？

莉迪亚·戴维斯：事实上我很早就开始获奖了，是一些喜欢我作品的个人去说服他或她的组织给我奖的。对我来说，有趣的是这些年来情况并没有发生太大变化。一开始对我作品的反应就是有些人很喜欢，而有些人怎样都感觉不满足。到现在依然是这样。几年前我还会到亚马逊上看读者评论，我觉得我在那里可以得知读者真正的反应。情况是有些人一直不觉得那些只有一两行的作品是值得读的，他们觉得不满足，但有些人却非常喜欢那些短作品。所以这取决于你是谁，你想要的是什么。而我对此是非常理解的，因为在某种心境下我也不会想读我写的东西，我会想去读一本人物众多的长篇小说。我想小说的功能之一就是将你从你的日常生活中解脱出来，将你带到另一个地方，在某种意义上，它会让你少一些思考。而我的小说通常会让你继续思考。

文学奖的一个作用——你开头问到了布克奖——是它们会强迫一些读者去接受我的作品。有些人本来可能会不太想承认我的作品，文学奖会让他们不得不说，"好吧，我猜她的作品中存在一些我从前没有发现、现在依然发现不了的价值，但别人发现了。"所以，接受我作品的读者确实在逐渐增多，但这样的作品、这一类超短篇是不是市场上热切期待的东西，我不能肯定。但我想现在对这种长度的作品的接受度比从前提高了，年轻的作家也开始创作这类作品。还有推特等社交网络的影响，在互联网上各种类型的短作品也增多了。

吴永熹：这个问题可能会有些难答：在你看来，一篇成功的小说最主要的品质是什么？

莉迪亚·戴维斯：答案不可能是一种单一的品质。我想一个成功的故事应该植根于某种强烈的情感，它应该对语言的准确性极为关注，它应该有一种基本的诚实，它应该对细节十分重视。

吴永熹：你教了许多年创意写作，如果你可以告诉年轻作家一件最重要的事，你觉得会是什么？

莉迪亚·戴维斯：还是很难提取出一件事。如果只能说一件的话,我会说,保持耐心,努力实现你想要的最好的效果,细心学习那些大师的作品。

吴永熹:你心目中的大师有哪些?

莉迪亚·戴维斯:在我年轻的时候这些大师包括卡夫卡、贝克特、乔伊斯、纳博科夫、伍尔夫、梅尔维尔、诗人杰拉德·曼利·霍普金斯、文体家詹姆斯·艾吉(James Agee),以及其他许多人。我想重要的是去阅读那些最好的作家。这些人或许没有获得最多的媒体关注,但是他们承受了时间的考验,不管是历经百年还是数十年。当然也要去读当代作家,但要确保多读经典作家。

吴永熹:这可能是一个比较笼统的问题:你怎么看"时代精神"这个概念? 我想许多作家都试图在他们的作品中表现他们所处时代的时代精神,但我不觉得这是你的追求。

莉迪亚·戴维斯:确实不是。我想有趣的是不管你以为你想做的是什么,你总是会受到你所生活的时代的影响,并会在作品中对其做出反应。但我从不觉得我有欲望去捕捉当下的美国,当下美国文化中人们的生活和总体精神状况。我想部分原因是我很早就受到欧洲作家的影响,受到其他文化的影响。但与此同时,我也并不想捕捉那些文化。我认为某些试图捕捉"时代精神"的小说很快就会变得陈旧和无趣。想一想卡夫卡——如果说他想要捕捉他那个时代的时代精神的话，他也是在一个隐喻的层面上这样做的，最后的效果很好。他的写作具有隐喻性，也更具普遍性，而这样的作品对我的吸引力远远大于那些试图将安迪·沃霍和迪斯科音乐写进去的小说。

吴永熹：我想以一个较为私人化的问题结束这篇采访，当你不写作的时候，你喜欢做什么？

莉迪亚·戴维斯：我喜欢动物（包括昆虫），很喜欢和动物玩。我喜欢和朋友聚会，喜欢弹钢琴、听音乐、旅行。我还喜欢学习新语言（中文很难！），坐火车，读书。哦，我还喜欢给花园除草，整理砾石小径。

埃德温·弗兰克

《斯通纳》让我们去追问什么是好的生活

Edwin Frank

2016年年初，一本半个世纪前出版的美国小说《斯通纳》被引进中国，大获成功。这本首版于1965年的美国小说出版后并未受到关注，仅仅印了不到两千册，小说作者约翰·威廉斯在美国文学史上也名不见经传。然而，在2006年由《纽约书评》出版社重印后，小说却意外地火了起来。评论家和作家对其津津乐道，纷纷为这本"20世纪最伟大的文学遗珠"背书，诸如伊恩·麦克尤恩、朱利安·巴恩斯、科伦·麦凯恩等大家都对其不吝溢美之词。小说在美国流行后，在欧洲进一步受到追捧，在人口仅一千多万的荷兰就卖出五十万本。《斯通纳》的"重生"，无疑是新世纪初全球读书界的一段佳话。

那么,《斯通纳》到底是一本怎样的书? 小说的情节其实很简单,大约可以概括为"一个平凡的英文系教授平凡而失败的一生"。主人公威廉·斯通纳出身于美国密苏里州一个贫困的农民家庭,"一战"前进入密苏里大学学习农学,却意外地爱上了文学。发现文学彻底改变了斯通纳的人生轨迹,他退出农学系,转而攻读中世纪文学,后留校任教。然而,象牙塔内的生活并不像想象中的风平浪静,斯通纳对文学的爱和激情也并未能够寄托他的生命——至少是在世俗的意义上。从世俗的角度看,斯通纳的人生无疑是失败的。他的婚姻失败了,与妻子伊迪丝的关系从蜜月期就开始恶化;聪慧的女儿被妻子"隔离",与斯通纳渐渐疏远;在和同事的一场学术争斗中,坚持原则的斯通纳战败,两人从此势如水火,斯通纳的事业再无起色,终生都只是一个边缘化的副教授。若只听情节介绍,似乎很难让人提起对这本书的兴趣。小说的写作看上去也中规中矩,文字朴实无华,叙事平铺直陈,与20世纪60年代风行的炫技式的"元小说"相去甚远。然而,如前所述,这本朴素低调的书和这个灰暗悲观的故事,却在五十年后打动了无数读者。

是《纽约书评》出版社主编、作家埃德温·弗兰克(Edwin Frank)重新发现了《斯通纳》。一开始,弗兰克不确定人们会对它做何反应,但他相信这是一本他们必须要出版的好书。在纽约西村明亮的办公室里,弗兰克和我谈起了重新发现《斯通纳》的始末和初读小说时的深刻感受。弗兰克和我谈到了《斯通纳》打动他的原因——因为它对人生"奇怪样貌"的呈现,对生命意义的深入探寻;因为它对成功与失败、爱与美的探讨;因为它对一个"本质的美国"的呈现;因为它古典主义的严肃性。"因为它让我们去追问什么会给我们带来好的生活,什么又是好的生活。"弗兰克说。

∴

吴永熹:《斯通纳》是一本五十多年前出版的书,面世时基本没有受到什么关注,但五十年来在读者中一直有一个秘密的生命(弗兰克:一个小小的秘密生命)。后来,你在2006年让它重版了。你是怎么发现这本书的?

弗兰克:是一个在《纽约书评》杂志工作的前同事告诉我的。他的工作之一是送杂志到纽约的各个书店。有一次,上东区克劳福德·道尔书店的老板约翰·道尔对他说:"你看,有一本特别好的书叫《斯通纳》,虽然它还在版,但是特别难找。"书是阿肯色大学出版社出的。从丹佛大学退休后,约翰·威廉斯搬到了阿肯色,阿肯色大学出版社将他所有的书都重印了。

约翰说:"我知道如果我能定期进到这本书的货,它一直都能卖，因为书真的很棒！"然后他把这本书——连同威廉斯的其他两本书——《屠夫十字镇》和《奥古斯都》，都给了我的同事迈克。迈克把书带回家后马上如饥似渴地读了起来。之后迈克对我说起了这件事。他说："埃德温，这些书真的很好，你必须要读，但你得先等等，因为我太太现在在读。"后来的很长一段时间我似乎永远都等不到《斯通纳》这本书——迈克推广这些书太热情了，不断地把它们借给他身边的人看。后来我终于读到了书，也立刻明白了迈克的意思。

而且我和这本书也有一点私人的联系。你知道，这本书的故事发生在密苏里大学，刚好我的父母就是在密苏里大学认识的。就像斯通纳一样，我母亲也是一名中世纪学者。我是在一个学术家庭里长大的，我熟悉书里描述的那个环境——那个外省的美国学术界的环境。我记得去看我母亲的导师的情景：一个年迈的学富五车的老太太，熟知有关乔叟的一切，坐在昏暗的书房里。她的世界和外面的落基山脉还有我长大的那个小镇隔得不知道有多远。我熟悉斯通纳的世界，所以我知道威廉斯将生活在其中的人的那种坚韧与脆弱描绘得多么好。

吴永熹：能具体说说威廉斯对那种环境和那种生活的描述吗？

弗兰克：我认为他对斯通纳这个人的描述是非常可信的。

一个来自贫困家庭的男孩找到了英语文学，从中发现了一整个广阔的文字世界，让他获得了一种类似宗教神启的经验。他决心为此奉献终生，但他又会发现，学术生活与婚姻生活并不比他小时候在农场上的生活更少缺憾，更少禁锢性，即便是以不同的方式呈现。书里对学术界的同行相妒与政治争斗的描写也是非常真实的。然后还有威廉斯对一个人对于文学与求知的爱，以及这种爱与日常生活那种暧昧不清或完全误导性的关系的描写——比如由斯通纳失败的婚姻所体现的——这部分描写我觉得也非常真实，非常出色。

吴永熹：在你决定重新出版这本书时，你想过它会这么成功吗？

弗兰克：这个嘛，约翰·道尔的话应验了：只要你把书送到了读者手上，说服他们去读，它就会留下印象的。很多人都很喜欢它。有些人在批评它，原因是他们不喜欢斯通纳的性格，或是书中对他妻子的残酷描写，等等。不管怎么样，人们开始谈论它，传阅它。

困难的是你要怎么说服人们拿起这本书，它的主人公是20世纪初生活在闭塞的美国中西部的中世纪学者，他的人生还是一场失败。我不确定人们会拿起书来读，我只确定它是一本我们应该出版的好书。不管怎么样，以我们的标准它一开始就卖得不错，但是它红起来是在批评家莫里斯·迪克斯坦（Morris Dickstein）为《纽约时报》写了一篇赞扬它的书评之后。迪克斯坦说它是一本比好书还要珍罕得多的书，他说它是一本完美的书。之后它的销量就很稳定了。然后它又在国外火了起来，而这个消息传到美国后国内的销量又进一步增加了。

吴永熹：你怎么看待它在欧洲的流行？在我看来它是一本很不"美国化"的书，但它作为一本美国小说在欧洲很受欢迎，比如在荷兰和英国。

弗兰克：它在德国、法国和意大利也卖得很好。我觉得它在欧洲这些国家的成功有不同的因素。在法国，部分原因是因为小说家安娜·加尔瓦达（Anna Gavalda）是它的译者，她本人拥有一个相当大的读者群，她花时间翻译这本书就是对它的有力推荐。

我一直觉得它会在欧洲受到欢迎，所以我常常向欧洲的出版商推荐它。荷兰的出版人奥斯卡·范·格德伦（Oscar van Gelderen）来喝咖啡时说，我听说了这本小说，但你觉得我们出版它能成功吗？我说我觉得可以。在某种意义上，它符合欧洲人对美国的某些印象——一个空间广阔的国家，盛行清教保守主义，奇怪地自命不凡，孤独至死。而且这本书有一些存在主义的面向。我觉得假如你从中读到了加缪的话也没有错，因为书里写的是一个人怎样孤身对抗世界，选择着自己的生命。我有时候会说这本书有点像爱德华·霍珀的画：木房子，在空旷的绿草坪上拖着长长的阴影。

吴永熹：我们能否继续谈谈你提到的这本书存在主义的一面，它对于生命最终极的空虚与无用的探问。我认为这在当代美国小说中并非主流。对这一点你怎么看？

弗兰克：当然存在主义在美国也留下了印记，但是《斯通纳》显然很不像它那个时代的美国小说。那个时代的美国小说，比如《第二十二条军规》和《波特诺的怨诉》，都有一种好笑的夸张和炫耀性，而且常常是紧跟时事话题的。而《斯通纳》是设定在"二战"以前，它所描写的美国不仅是一个历史的美国，也是一个神话般的美国（a mythical America；mythical 亦有神秘、虚构之意），一个与全世界隔离开的、几乎是秘密的美国。在书中，斯通纳人生中最重大的事件之一就是不去参加"一战"，他选择了留下来读书、学习。这不是说威廉斯对于权力和成功这样的话题不感兴趣。他之前的那本小说《屠夫十字镇》，一本西部小说，就是一个关于美国强权的毁灭性的寓言。他最后的一本小说《奥古斯都》写的是罗马帝国最有权势的君主，你可以说它是反《斯通纳》的，它完全是关于权术的。但这三本书的共同之处是它们都没有什么话题性，也没有什么明显的创新性，而60年代的美国小说大多都是充满话题性的，并且致力于创新。

吴永熹：你说的"神话般的美国"是什么意思？是说这个美国在文学作品中未得到足够的呈现？还是说它距离我们今天太过遥远？还是说在书中，作者试图从真实的、历史的世界中撤离，回到角色的内心世界，于是其中的美国变得有些"mythical"？

弗兰克：哦，"mythical"在这里的意思不是说不真实或不可置信。更像是原型式的（archetypal）。一个超越于时空之外的美国。它的本质。

吴永熹：你觉得这本书最初的失败与它在60年代中期出版有关系吗？

弗兰克：哦，毫无疑问。它不是那种重塑人们的观念，重塑人们对小说的观念的书，就像当时流行的元小说或新新闻主义那样。《斯通纳》对当时人们关心的形式问题和火热的政治社会问题都不关心。所以是的，我觉得它受到忽视和这一点有很大的关系。

吴永熹：我们谈到了小说对于大学生活的描述，对险恶的学院政治的描写,你谈到它写得很真实。在你看来这算是一本"学院小说"吗?

弗兰克:是又不是。"学院小说"让我想到兰德尔·贾雷尔(Randall Jarrell)的《学院图景》(*Pictures from an Institution*)这样的书,或是戴维·洛奇的书,这些书将大学这一机构作为主题,而在《斯通纳》中,大学只是人物生活的背景。所以它只是碰巧写的是大学,本质上不能算是学院小说,大学只是背景,书的主旨并不是关于学院政治。

吴永熹:而且这本书的语调也不像另外那些书那样充满讽刺性。

弗兰克:是的。

吴永熹:你认为约翰·威廉斯和威廉·斯通纳之间有关系吗?

弗兰克:我不觉得……好吧,可以说有也可以说没有。威廉斯本人也是来自一个比较贫困的家庭,后来进了学术界。他好像没有读博士。他教的是写作,当时开写作课程的美国大学并不多。他的第一个出版商亚伦·斯沃洛(Allan Swallow)和伊沃·温特斯(Yvor Winters)关系很好,后者是一位很重要的批评家,在斯坦福教书,也是一名诗人。温特斯的妻子珍尼特·刘易斯(Janet Lewis)是一位很特别、很有创造力的作家,她写的是当时很不时髦的历史小说，她最有名的作品是《马丁·盖尔之妻》(*The Wife of Martin Guerre*)。不管怎么说，这些关系让威廉斯和当时的现代主义主流有了距离，就像《斯通纳》中展现出来的那样。然后，威廉斯结过好几次婚，所以我猜他对失败的婚姻有些经验……我不知道，我不觉得伊迪丝是以哪一任太太为原型的，但威廉斯对麻烦的婚姻生活显然是有经验的。查尔斯·希尔兹（Charles Shields）的威廉斯传记应该能让我们对一些事情有更清楚的了解。

在《纽约书评》去年出版的《斯通纳》五十周年纪念版中，我们收入了威廉斯和他的经纪人关于这本书的通信。从这些信里我们可以看出，威廉斯对这本书的价值很有信心，同时也深感自己作为一名小说家没有受到足够的重视。所以他本人应该是有着和斯通纳同样的那种疏离感的。

吴永熹：让我们谈谈斯通纳的性格吧，就像你之前提到的，很多读者对斯通纳被动的性格不是十分理解。我的感受是，正是因为斯通纳被塑造成这样一个极为被动的人物，小说的某些部分读起来才有种"先定"的感觉。他的婚姻注定会失败，女儿注定会被妻子夺走，他人生中唯一美好的关系——和学生情人的爱注定会被拆散。所有这些失败来得那么容易、迅速、顺理成章，是因为斯通纳从来不会奋起抗争。这一点在他和妻女的关系上表现得最为明显。即便他很早就知道自己和伊迪丝不合适,他还是选择了她;在他和伊迪丝的战争中,他几乎是放任女儿被伊迪丝当作人质的。在今天的读者看来,有些地方还是有些令人费解的。

弗兰克:嗯,我倒是觉得斯通纳让自己滑入婚姻对于书中所写的时代、故事发生的地点来说是完全现实的,即便在当下可能依然是现实的。结婚是成年男女必须要做的事,是他们的家人想要他们做的事,而人们往往会依照社会对他们的期望行事 —— 既为了他人,也为了自己。他们想在合适的时候做合适的事。至于离婚,在斯通纳的时代就要困难得多,所以他和伊迪丝尽量将一场坏球往好里打的想法并不令人奇怪。或者我应该说,他们只是将对方往他们共造的地狱里越拉越深了。

斯通纳确实是一个令人费解的被动的角色,你可以将这一点看作这本书的失败之处。但他又是一个负责的人,他对伊迪丝的不幸福感到内疚,他或许还因为自己没有像他应该的那样爱她而感到内疚。我认为他一直都在为妻子的痛苦感到痛苦,虽然她也让他极度痛苦。也许他觉得将女儿让给伊迪丝在某种程度上对她是一种补偿,因为他对她感到亏欠,所以决定把她想要的东西让给她。不管怎么说,这一切都太人性了。

当然,你也可以说,斯通纳远远不是一个正直的人(a man of integrity:integrity 还有诚实、完全、完善之意),而是一个极度自私的人。他是如此的自我中心，他将自己对正派的追求远置于对他人的关心之上，他一直紧紧抓着自己的孤独不放，用它来进行自我禁锢。我倒不觉得这一定是这本书的缺点，却反倒可能体现了它的丰富性。也就是说，这里有一个善良的，有一定正直感的人，但这种正直远非一种绝对的正直，又或者说，他的正直是他对自我的忠实——一个绝少表达感情的人，有点迟钝，就像他的名字所暗示的那样（斯通纳的原文 stoner 包含"stone"，即石头一词），他是一个问题重重的男人。我的意思是，这本书给人带来的感动不应该遮蔽这一点，即它讲述的不仅是真正的献身，也是真正的失败。斯通纳是一个情感不健全的人。

吴永熹：你这段话令人很有启发。我倒不觉得这是书的失败，我也理解它是斯通纳这个人物有机的一部分。你提到斯通纳是一个情感不健全的人，我的感觉是他的个性中有一种天真和执拗，让他很难找到爱。

弗兰克：是的，你可以说他的个性中有一种天真或是孩子气。但我还是认为不能将他看成一个学院政治或糟糕婚姻中无辜（注："天真"innocent 一词亦有"无辜"之意）的牺牲品。他对他自己的挫败是负有责任的。所以，如果说那是一种天真，那也是一种有责任的天真（a culpable innocence），你明白我的意思吗？

吴永熹：我想是的。再回到斯通纳的婚姻，我想起威廉斯在描述斯通纳和伊迪丝的恋爱经过时是这样写的：斯通纳想要将伊迪丝从她的不幸中解救出来。威廉斯通过斯通纳的视角分析，这种不幸的根源是她的家庭出身和成长环境，她所身处的充满压迫感的上层社会。我觉得这是书里很有趣的一个地方。

弗兰克：是的，我想这段婚姻中的一个灾难是，也许是受到了他喜爱的中世纪文学中的某种求爱传统的影响，斯通纳最初是将自己看作某个骑士般的人物的，他英勇地来到一个孤独的女士，比如睡公主身边，将她解救。他灾难性地将生活与文学混淆在一起了。大部分批评这本书的人是将角色看成了类型——伊迪丝是妻子和女人；斯通纳是一个长期受苦的男人——但这种批评很肤浅。

吴永熹：我在想的另外一个问题是为什么威廉斯要将故事设定在他写书时的一个世代之前。但另一方面，我又可以理解这就是他想要讲述和探讨的故事。

弗兰克：这是一个有趣的问题。这也许是表达这个故事不仅是关于"我们当下的生活方式"的一种手段。它的意思是说，这不是一个关于当下的故事，而是一个关于人生的故事——

一个男人的人生或生活,但同时也是一种美国式的生活(an American life),或美国的生命(the life of America)。威廉·詹姆斯(1842—1910,美国心理学家与哲学家,著名小说家亨利·詹姆斯之兄)曾哀叹美国对"成功这个邪恶女神"的狂热崇拜,我想《斯通纳》的一大主旨就是质疑"成功"的定义,在一个国家达到其权力顶峰的时代。

吴永熹:就形式而言,这本书很有趣的一点是,几乎在每一个章节的开头作者都提前告诉了你接下去会发生什么。

弗兰克:这种形式其实是很大胆的,因为这恰恰是你不应该做的。人们往往没有意识到,这本书的创新之处就在于它的低调。就像你说的,在故事的每个转折点你都知道接下去会发生什么,那么你就会更努力地思考它将会以怎样的方式发生。我还想拿它来和《奥古斯都》做比较。你知道,当你去读普鲁塔克(约46—120,罗马帝国时代的希腊作家、历史学家,著有《希腊罗马名人传》)笔下的马克·安东尼(83—30 BC,古罗马政治家和军事家,曾与罗马帝国开创者屋大维[即奥古斯都]结盟,后同盟破裂,马克·安东尼在与屋大维战败后自杀身亡)时——你已经知道他的故事了。又或许今天的读者对这个故事不是那么熟悉,但在普鲁塔克写作的时候,他的故事是家喻户晓的。这里就有了一种古典意义上的形式感与终结感,一种示范性，一种道德上的严肃性。我想这也是威廉斯在《斯通纳》和《奥古斯都》这两本书中所追求的。而书中那种安静的、毫不引人注目的语言也给人一种沉静的权威感，反过来让你更强烈地感受到故事中的悲伤。

吴永熹：是的，威廉斯的写作确实有一种非常沉穆的语调，就像你说的，给人一种前现代的感觉，一种古典感。

弗兰克：我想他是想给故事注入一种永恒性。普鲁塔克的人物传记是想展示不同的美德与恶行，就马克·安东尼而言，是自大。威廉斯也想让斯通纳的人生成为一种典范，他成功了。当然，这不是说这本书是完美的，而是说，它在使我们对斯通纳的故事产生强烈共鸣、对他充满同情之时，又留下我们去思考生活可能会有的那些奇怪的样貌，去追问什么会给我们带来好的生活，什么又是好的生活。最终，我们不仅被斯通纳的故事打动了，也被这本书的严肃性所打动了——它让我们觉得这些问题是重要的，对我们来说是重要的。斯通纳只是一个普通人，也许你的生活与他有着天壤之别，但不管你的生活是怎样的，这本书说服了我们，让我们觉得这些问题是重要的。因为它同时也是一个警世故事：威廉斯在向我们展示一个人的生命是怎样缓慢地化为尘土的。

吴永熹：文学的意义是这本书的另一个重要主题。在斯通纳发现对文学的爱后，他的人生彻底改变了。有趣的是，我意识到，威廉斯在强调文学的魅力的同时，也一直在强调它的神秘，它令人苦恼的不可言传。斯通纳被莎士比亚的第73号十四行诗打动了，但当他的导师老斯隆问他这首十四行诗是什么意思时，他却张口结舌，说不出来。在斯通纳和劳曼克斯刚刚相识时，斯通纳对劳曼克斯有过这样的观察："他知道，劳曼克斯经历了某种转变，某种顿悟，一种从文字中体会到，却无法用文字表达的顿悟"。这一观察是如此准确，我想所有喜爱文学的人都会有所共鸣。你觉得这一点是这本书受到许多作家和出版人推崇的原因之一吗？

弗兰克：我之前说过，在60年代美国出现了许多探讨小说可能性的"元小说"，《斯通纳》与此截然相反，但你的问题让我思考《斯通纳》是否真的和它的时代无关——毕竟这也是一本关于书之恋和书之危险的书，它在说书可以怎样充实一个人的生命，又让这个生命无比空虚。

斯通纳知道劳曼克斯和他有着同样的对文学的爱，这一点让劳曼克斯的形象比许多人意识到的更微妙。这两个人之间的斗争在某种意义上是在说学术界的环境是多么不适合引导这种爱——我的意思是，你需要这种爱来做基础，但这种爱在机构中却找不到合适的出口，只能被扭曲。所以，是的，在某种意义上这本书既是在强调文学的力量，也是在强调它的暧昧难解，我觉得你说得很对。

吴永熹：我们能再谈谈斯通纳和劳曼克斯之间的对手关系吗？就像你说的，他们拥有对文学共同的爱，在许多方面都很相似，但他们却成了死对头。

弗兰克：是的，他们有共同的对文学的爱，共同的孤独，共同的抑郁，共同的情感挫折。劳曼克斯当然是爱着他的学生的……

吴永熹：你是说爱情？

弗兰克：是的。当然这种隐晦的情感关系让整件事显得更可悲了，或许也是劳曼克斯利用斯通纳和凯瑟琳的关系来对付他的一个原因。不管怎么说，这两个男人在某种意义上构成了彼此的镜像：劳曼克斯通过不断争夺权力和名望来补偿受挫的爱，斯通纳则是不发一言地一步步向自我内部撤退。我还是要说，这两个男人的生活都是被我们刚刚谈到那个问题所限定的，即用对文学的爱来规划个人与外部世界的关系是多么困难，坦白说，整本书都是在说这个世界是多么的残酷无情。

吴永熹：我觉得我们似乎没有必要总结这本书能给我们的教

益了——但你愿意简单谈谈吗?

弗兰克:嗯,我觉得我们已经谈了很多了。这是一本关于书的书,关于成功与失败,关于美国,关于大学,关于道德上的孤独感。斯通纳是一个令人印象深刻的角色,正是因为他是这么的问题重重。我想起了菲利普·拉金的一句诗:"唯一的生命要用那么久,才能爬离/错误的起点,或许永远不能"。(来自拉金名诗《晨歌》)这本书让人伤感的一个原因无非是,它在说每个人的生命都只有一次,它会被用尽。

吴永熹:但鼓舞人心的,又或者说让这本悲伤的书奇怪地成为一本飞扬的书的或许是,它告诉我们,一个有着"错误起点"的唯一的生命,也可以是一个完满的生命。

弗兰克:在这一点上你也是对的。

科尔森·怀特黑德

在美国，种族主义是像瘟疫般的存在

Colson Whitehead

2016年11月16日，第57届美国国家图书奖于纽约揭晓，四十七岁的黑人作家科尔森·怀特黑德（Colson Whitehead）凭新作《地下铁路》夺得小说大奖。这是怀特黑德的第六本小说，也是他最受好评的作品。这部重新想象美国19世纪废奴运动的小说一出版便获得大量关注，不仅入选了大名鼎鼎的奥普拉读书会，在总统奥巴马的夏季书单上也赫然在列。

历史上，"地下铁路"确实存在，不过它并非一条真实存在的铁路路线，而是指废奴主义者们搭建的一个由秘密路线和"安全房屋"组成的帮助黑奴逃亡的网络。在怀特黑德的书中，"地下铁路"却不再是一个隐喻，而是一个真实存在的铁路系统，它的运作方式也更为神秘。

《地下铁路》的主人公是年轻的女黑奴科拉，故事从科拉在乔治亚州庄园上的生活开始。怀特黑德对奴隶主庄园的描写生动、沉郁而深具现实感，不仅写出了奴隶主的残酷和乖戾，奴隶生活的枯燥与悲惨，也写出了黑奴群体彼此互助时体现出的乐观与善良。或许关于奴隶庄园书写的一个首要问题是：为什么黑奴要逃亡？（而不是为什么黑奴不逃亡。）在听说一个又一个的逃亡失败的案例之后，在目睹被黑奴捕手带回的逃亡黑奴遭遇的越来越残酷的私刑处罚之后，开始逃亡无疑需要巨大的勇气。

《地下铁路》对此做了充足的铺垫，这也成为小说现实感的重要来源之一，小说的第一部分也成为它最好看的一个部分。之后，当科拉开始踏上逃亡之旅，也登上怀特黑德想象中的"地下铁路"不同路段时，小说的笔触开始变得丰富并略显轻盈起来（虽然仍然不乏骇人、残忍的段落）。在这段漫长的逃亡之旅中，科拉展现出了巨大的勇气，也接受了无数的来自"陌生人的慈悲"。而每一段旅程，也被作家怀特黑德安排成为对美国历史的一种另类的、想象性书写。在怀特黑德看来，通过将不同历史时空中的事件加以并置，通过探讨"可能会发生什么，差一点就会发生什么"，小说可以引导人们对美国的黑奴历史做出不同的思考。

本次访谈的形式为电话采访，怀特黑德在纽约的家中接受了这次采访。

∴

吴永熹：《地下铁路》这本书八月出版后获得了巨大的成功，成为《纽约时报》畅销书，也获得诸多好评，但你想过它会为你赢得国家图书奖吗？

怀特黑德：他们在九月公布了长名单，在十月公布了短名单。你当然会在心里希望你能获奖，但直到奖项公布之前你都不知道结果会怎样。所以在他们说出这本书的名字之前我一直都挺紧张的。

吴永熹：对你来说这应该也是一本难写的书吧，你曾经说过完成这本书大概花了十六年。能说说当时是怎样产生了写这本书的想法吗？你又为什么一再决定推迟它的写作，一直等了这么多年才动笔？

怀特黑德：我是十六年前产生写这本书的想法的，当时我即将完成一本叫作《约翰·亨利时代》的书。我突然想到，如果"地下铁路"真的是一个铁路网会怎么样？还有一个很复杂的部分，在每一个州，我们的主人公都会来到一个完全不同的、另类的美国——历史上可能会发生什么,差一点会发生什么。这似乎是一个很有意思的想法。不过,作为一个三十岁出头的年轻人,当时的我觉得自己没有能力接受这种挑战。等待似乎是一个明智的选择。

但是每一次我写完一本书,我都会回去翻看我关于这本书的笔记。每次我都会想,这次我准备好了吗?然而每一次我都觉得我应该去写别的东西。我之所以推迟了这么久,是因为我不想面对这样一个令人害怕的前景。最终,大概在两年半前,我想到,也许你应该写的就是这本让你害怕去写的书。

吴永熹:在书里,"地下铁路"不再是一个比喻,而是一个真实的铁路系统,这给小说带来了超现实主义的层面和意味。你为什么觉得这本书需要有这样一个超现实主义的层面?

怀特黑德:哦,并不是说它是必要的,而是它就是我对于这个故事的想法。不是说,为了去写奴隶制、去写美国历史,你必须要采用魔幻元素,而是说我想使用这个魔幻的设定,尝试围绕它去写一个故事。而且,如果不需要完全遵循真实的历史背景,我可以对历史做出自己的解读,这本书就不再只是关于奴隶制和"地下铁路"的,它也是关于美国历史的。

吴永熹:我读这本书时的感觉是,在这本书的第一部分,你对南方奴隶庄园的描写是非常直接的，效果是很现实主义的。但你对那些暴行的描写不过分，总是适可而止。

怀特黑德：为了写出一个具有现实感的庄园，你必须要展现暴行和暴力。所以，在我开始书写现实之前，我要对庄园里的生活做一个准确的描绘，这意味着你必须要展现那些暴力和惩罚。但这并不是故事的核心，故事的核心是主人公科拉怎样从一名奴隶变成一个自由人，从一个对生活毫无掌控的人变成一个对自己的存在有掌控的人。

吴永熹：你说过20世纪30年代的"联邦作家计划"对你写这本书帮助很大。能否为那些不熟悉这个项目的人介绍一下它？你具体又是怎样使用这些资料的？

怀特黑德：这是大萧条时代美国政府启动的一个项目，最初的背景是为了给失业的作家找一些事做。于是联邦政府找了一些作家采访了一批以前是奴隶的人，当时，有一些内战时期还是孩子或青少年的人还健在。就这样，这些作家听到了这些人的人生故事，有些很短，有些有两页纸，有些有十页纸。但是综合起来，它们提供了一幅奴隶制的全景图，描绘了一幅群像。

从这些资料里，我得到了很多。我得到了名词、动词、形容词，得到了很多细节，这些为我描写庄园生活奠定了现实的基础。它们为我提供了一个很深入的入门介绍，让我了解了在不同的州，不同的庄园（大庄园或是小农场）都是怎么运作的。

吴永熹：奴隶的语言也是从这些资料中来的吗？

怀特黑德：是的，他们的语言、谈话方式、谈话的韵律感也是从其中来的。一方面是来自"联邦作家计划"中前奴隶的口述，一方面是一些前奴隶写下的回忆录。

吴永熹：你选择以一个女性作为小说的主人公，这一点对界定这本书的性格似乎起到了很重要的作用，因为女性在奴隶制中的经验与男性经验显然是很不同的，这一点在书中有明确的展现。你是从一开始就决定要写一个女性主人公的吗？

怀特黑德：不是的。在这本书作为一个影子存在于我脑海中的许多年里，我一直想象是一个男人想要逃跑，去寻找他的妻子或是孩子。但是因为我过去的好几本书都是以男性为主角的，所以我觉得这次也许应该改变一下了。而且，就像你说的，女性经验是如此独特，在我看来是一个值得一试的挑战。

吴永熹：你在书中也尝试还原当时的社会经济结构以及由此决定的人性心理。我很喜欢南卡罗来纳州那一节中的一个细节。你描述科拉去商场买裙子，写她对于"金钱"这个新概念的不安和恐惧。有一句话我很喜欢，它是这样的："钱是一个新事物，它不可捉摸，喜欢去它爱去的地方。"我觉得它准确地捕捉到了科拉面对一个新经济系统时的迷惑、恐惧，那种旧思维的存留。你是怎么想到类似这样的细节的？

怀特黑德：（笑）对啊，我想在你领到第一份薪水时——不管你是做什么工作的——你都能体会到钱会消失得多么快这一现实。

我想作家的工作就是将你描述的世界尽量描写得真实可信——不管它是一个现实主义的世界还是一个魔幻的世界。就像你说的，任何人都能对第一次获得报酬时的这种心理产生共鸣。在书中科拉经历了各种各样的事，去了不同的地方，南卡、北卡，有时候故事会变得魔幻、荒诞。不管怎样，我希望读者能够对她经历的不同部分产生共鸣。

吴永熹：让我们来谈谈书中魔幻的部分。这本书对历史的描绘总的来说是可信的，但对于一些历史事件，你确实做了一些腾挪变形，包括"地下铁路"，包括"自然奇迹博物馆"。

怀特黑德：可以这么说。总的来说，人们不会以这种方式被展示（注：在小说写到的"自然奇迹博物馆"中，科拉和其他两位黑奴穿上奴隶的装束做活体展览）。但是在一些嘉年华、世界博览会上，他们确实会将黑人扮成丛林土著来展示。所以这是真实的、有现实基础的,只是科拉的这种经历是我想象出来的。

吴永熹:那么在南卡罗来纳州对黑奴做的梅毒实验呢?

怀特黑德:那也是真实发生过的事件。这个实验的名字叫"塔斯基吉梅毒实验",发生在20世纪20年代(注:应为20世纪30年代;"塔斯基吉梅毒实验"是1932—1972年间美国公共健康服务部在亚拉巴马州进行的一项秘密医学实验,他们以为黑人男性提供医疗服务为伪装研究梅毒)。我把这个实验的时间提前了,这样,我将它和奴隶制并置,探讨二者之间的关系——二者之间的不同点在哪里,相似之处又在哪里?它们展现了当权者对黑人持有怎样的看法?

吴永熹:种族问题当然是这本书的核心议题,但我想书中试图探讨的问题之一是种族是一个复杂的、变动不居的概念。与奴隶制对应的当然是"白人至上主义"。但如果我们对历史做稍微认真一点的打量,我们会发现,在美国,白人的历史也是一个移民的历史,本身也充满复杂的身份政治的纠结。拿爱尔兰人融入美国的历史做例子,它也是充满血泪挣扎的,虽然他们毫无疑问是白人。在你看来,"种族"是一个被建构的东西吗?

怀特黑德:是的!如果你去看19世纪、20世纪初对于爱尔兰人、意大利人、犹太人的歧视——在不同的移民潮进入美国的时候——这些种族主义的白人歧视的是其他白人，这是很好笑的。作为一个爱尔兰人、意大利人，在20世纪初，当你成功地成为中产阶级的一员时，你开始看不起其他新来的移民——中国人、多米尼加人，随便什么比你后来的人。每一个族群都需要找一群新的人来妖魔化，这似乎是人性的一大弱点，不管是在美国还是在其他地方。

吴永熹：但是，重回历史，看事情是怎样发展演进是很重要的。

怀特黑德：这本书采取的确实是一个比较长远的视角。我并没有只是探讨黑人的历史，在北卡那一章，我也谈到了爱尔兰移民群体，谈到了"白人至上主义"和纳粹德国的种族清洗之间的关系。通过创建这个魔幻的叙事结构，我可以对历史做不同的解读，也希望能够引发人们对历史做不同的思考。

吴永熹：读这本书时人们当然无法不注意到历史与当下现实之间的联系。比如19世纪的巡警和今天的警察针对黑人的暴力之间的关系。作为黑人，在你成长的时代这种不安全感是非常真实的吗？

怀特黑德：当然是的。美国是一个种族主义相当严重的国家。在我成长的20世纪80年代有种族主义，今天仍然有种族主义。

吴永熹：但是近年来越来越多人试图提高人们对于警察暴行的关注，像"黑人的命也是命"（Black Lives Matter）这样的运动声势越来越壮大，你认为我们有理由感到乐观吗？

怀特黑德：我不这么认为（苦笑）。尤其是在这次选举之后，因为特朗普是一个极力煽动种族主义情绪的人，他也正在试图用种族主义者填满他的幕僚团。虽然我们在一些领域确实取得了一些进步，但进步很慢，而特朗普的当选让我们在这个问题上倒退了好几步。

吴永熹：在大多数人看来，前景确实是非常令人恐惧的，你认为我们应该怎样应对这种前景？

怀特黑德：我没有任何解决方案。对一些人来说，你可以去抗议；对一些人来说，你可以用非种族主义的方式教养你的小孩；对一些人来说，是捐款；如果你是一个作家或者艺术家，你做贡献的一种方式是去创造那些会扩展人们对世界的看法、扩展人们对自己是谁的看法的作品。但是，对于一个从美国建国之初就已像瘟疫般存在的问题，我没有解决方案。

哈维尔·马里亚斯

在莎士比亚的
指引下

Javier
Marías

哈维尔·马里亚斯的公寓就在马德里的市中心，距离马约尔广场只有两百米。采访约在下午五点，四点半钟，我们来到公寓楼下。这次采访是和《时尚先生》的团队一起，为他们有名的"巨匠与杰作"系列准备一篇作家访谈。

马里亚斯的公寓在临街的一栋楼里，七八栋老式楼房围出了一个小广场。广场空旷开阔，几无人迹。这大概还是西班牙人的午睡（siesta）时间，阳光仍像正午时分一般炙烈而晃眼。我们躲在两栋楼之间的小巷子里。烈日下的广场有种古老静谧的氛围，在一个陌生人眼中甚至有点神秘，让人想到马里亚斯小说里的那种神秘性。

我们在约定时间来到作家位于三楼的书房。马里亚斯向我们问好，感谢我们不辞路迢来到马德里。他用英语和我们交流，语速缓慢，但说得很清晰。他的样子和网上照片中差别不大，高高的微微谢顶的额头，五官匀称，看得出年轻时应该相当英俊。双眼皮的折痕很深，有时看起来有些疲惫，有时又看起来有些许高傲。抛开他在本国和整个欧洲的名气不论，或许那一屋子藏书就能让人心里生出几分骄傲吧？马里亚斯在这栋房子的一楼还有一套公寓，与三楼格局相同，主要用来藏书，两处共计有一万八千多本。藏书按语种分类，三楼主要用来归置英语和法语作家。马里亚斯的英语图书数量惊人，几乎占满了整间屋子。屋子里和藏书数量几乎同样多的就是随处可见的各式锡兵模型了，几乎也展示出了一种收藏癖。收集锡兵是马里亚斯童年时代就开始的爱好，迄今仍未改变。

作家问我们，听说我的书在中国只出了两本？我们点头。他又说，那么知道我的读者应该不多吧，值得你们这么远赶来吗？他似乎对我们在"巨匠"项目名义下的郑重来访感到有点困惑和不好意思。

在西班牙，马里亚斯当然早已无人不知。他被许多人视为西班牙当代最重要的小说家，也是当前欧洲获诺奖呼声最高的作家之一。但有趣的是，西班牙评论界对他的态度却是暧昧和犹疑的：他们质疑他的西班牙性。人们认为他不像一位西班牙作家，倒更像一个英国作家、法国作家或是德国作家。马里亚斯对此似乎并不介意，在他的作品中，你能看到一种对"世界性"的赞赏和拥抱。

尽管不免刻薄，评论家的观察倒并无大错。马里亚斯的写作无疑是多源头的。他绵延致密的长句颇有普鲁斯特之风，小说里强烈的思辨性又让人想起米兰·昆德拉和托马斯·伯恩哈德。英语文学对马里亚斯影响甚深，他本人还是一位英语文学的西语译者，翻译过亨利·詹姆斯、托马斯·哈代、约瑟夫·康拉德，还有智性诗人华莱士·史蒂文森和约翰·阿什贝利。但他最重要的译著可能还是二十六岁时出版的《项狄传》，这本书让他获得了西班牙国家翻译奖。当然最重要的，还要当属他热爱的莎士比亚。莎士比亚是马里亚斯最常重读的作家，他的许多小说都对莎剧故事做了不同程度的引用。

马里亚斯的小说常常采用第一人称叙事，叙事者身上时而会带着作家本人的影子。他们是翻译、作家、学者、编辑——这样的设定让书中那些长篇大论的思辨性文字与不断离题变得合法。"离题"是马里亚斯小说最为人注意的特色之一，不少评论家将他的作品归入"散文式小说"。马里亚斯曾说，我在离题中向前推进。（I digress as I progress.）——这句话是从斯特恩那里借来的。"离题"当然不是无谓的分心与失焦，相反，它们是小说的核心部分，因为它们与故事中的人物身份及其看世界的方式不可分割，合为一体。对不耐烦的小说读者来说，它们可能是故事中过于频繁的讨厌的中断，但对于耐心的读者来说，它们或许是小说中最具吸引力的一部分：正因如此，我们才看到了一个更细微、更清晰、更有趣的世界。

这并不是说马里亚斯的小说故事性不强。事实上，马里亚斯十分会写故事，他的小说甚至常常包裹着类型小说的外衣，例如《如此苍白的心》就带着强烈的悬疑感，《你明日之脸》三部曲可以被当作间谍小说来读。这或许部分解释了他那些文体不失繁难的小说何以如此畅销，比如《如此苍白的心》在欧洲就卖出了几百万本。马里亚斯正隶属于那些极为幸运的少数作家，他们的作品不仅在文学性上获得推崇，在商业性上也极为成功。

马里亚斯的吸引力或许也来自他故事的主题；他热衷于探索那些极为激烈的故事与情感，比如谋杀、自杀、迷恋、背叛。在某种意义上他读起来更像一位古典作家，一位未经"现代性"的"日常转向"洗礼的古典作家。当被问及这个问题时，马里亚斯说，他对生活日常与平庸的那一面不感兴趣。他追随莎士比亚和塞万提斯，致力于挖掘人类情感中更高亢的那些部分：生死、嫉妒、秘密、荣誉、英雄主义——在当代世界赋予人类的可能的意义上。激烈的故事与沉稳延宕的叙事构成冲突，给人奇异的阅读快感。在马里亚斯看来，这些是具有普遍性的重要主题,它们是超越语言与时空的。作家本人也将此看作自己成功的另一个原因。

然而马里亚斯最近发现自己陷入了困境。他告诉我,他最近的两本小说时间上都往回走了。在过去,他的小说都是发生在当下的,故事与现实同步发展,但在最近的两本小说中,他都在书写过去。"我必须去思考这个问题。为什么我不再像从前那样习惯于书写当下了。"

"我想也许这是因为我的小说写的是特定的故事、特定的冲突、特定的人物。它们有某种激烈性——就像你所说的。""我将这归因于我的人物,我认为这样的人物放在今天将不再那么可信了。"马里亚斯认为这和时代有关。是时代让我们变得浮躁肤浅了,失去了内涵。时代不仅影响着年轻人,而是影响着我们所有人。说到这里作家不无怅惘。然而,带着他惯有的对准确性的孜孜以求,他又自我纠正说,"也许现在的人本质上还是一样的,只是没有那种意识。……他们不再愿意去思考发生在他们身上的事了。"

在某种意义上,马里亚斯是悲观的——就像所有洞悉人性,懂得人性之脆弱怠惰的大作家一样。但他同时又是乐观的,因为写作本身就是一种希望。

吴永熹：你很早就开始写作了，十九岁就出版了第一本小说《狼的领地》，两年后又出版了《地平线之旅》。但之后你偏离了一个"早熟作家"的道路，转而花了很多年做翻译。当时为什么会做这样的决定？

马里亚斯：我十二三岁就开始写东西了，都是很小的东西。我想我开始写作的原因之一是为了去读我喜欢的那类东西。我小时候很喜欢读《三个火枪手》这样的故事，但这样的小说不多。这一类型的作家有大仲马、保罗·费瓦（Paul Féval），大概有三四个吧。我想要读到更多。我意识到如果我自己去写，我就可以读到更多了。当然，我那时候还很小，写得很差。

我的第一本小说跟文学的关系其实不大，和电影的关系倒是更大一些。故事全是在美国发生的，它读起来更像电影剧本而不是小说，它是对美国四五十年代和六十年代电影的致敬。我没想过要发表这本小说，写它纯粹是出于私人兴趣。第二本小说就要更自觉一些了，和文学的关系更紧密。它已经受到了一些我喜欢的作家的影响，比如亨利·詹姆斯、约瑟夫·康拉德，还有柯南·道尔。它可以算是对这些作家的戏仿。

然后我非常幸运，这两本小说都出版了，虽然它们都还很稚嫩。这两本小说是怎样出版的又是另外一个故事了，而且会是一个很长的故事。不管怎么说，它们得到了批评家的认可。他们说，这本小说还比较青涩，但这个作者还不错，虽然他很年轻。他的叙述感觉很不错，等等。他们也觉得我没有去写西班牙是很新奇的，因为比我早一辈的作家都在写西班牙的社会现实。但我这一辈的作家觉得现实主义的作品已经太多了。

吴永熹：所以你们试图从别处寻找材料。

马里亚斯：是的。虽然我们也是有社会责任感的，但是是作为公民，而不是作家。而上一辈作家是将社会责任感也展现在了写作中。他们的作品抱着良好的愿景，想要唤醒大众的反抗意识，但这并不是小说最适合做的事。

在写完那两本小说之后，我意识到我没有新的故事可以讲了。所以我想，好吧，我不能继续写那些戏仿式的小说或是幻想小说了。于是有六年时间我都没有写作。在那六年里，我确实翻译了很多东西。

吴永熹：那段时间你在翻译上非常勤奋，你觉得翻译是你为写作做准备的方式吗？

马里亚斯：我翻译得不算多，但我译了一些很难、很长的书，其中最主要的是劳伦斯·斯特恩的《项狄传》。我是二十五六岁的时候开始的，翻译那本书花了两年时间。我还翻译了一些其他作家，比如托马斯·哈代。后来，在80年代，我又翻译了康拉德、斯蒂文森，还有一个17世纪的英国作家托马斯·布朗（Thomas Brown），他的作品也非常难。此外还有一些诗歌。

我意识到，通过翻译这些大作家——因为他们大多数是非常伟大的作家——我可能是在进行一种最好的写作练习。因为翻译的过程其实是一个重写的过程，一名译者最终是在用他自己的语言重写一部作品。

如果你能够把这个作品"写"好，或者说写得足够好，你就已经实现了很多，尤其是当你处理的是像《项狄传》这样的作品时。当然，你必须尽可能地忠实于原著。但与此同时，在翻译时你要去选择对应的语言——这是译者的工作，因为在翻译时每一句话都可以用不同的方式来表述。你需要去找到最好的表述方式。当你在做这件事的时候，你的乐器——也就是你的母语——也就得到了精进，很多的精进。我想我做翻译也是一种练习，为了将来可能的写作，因为我不知道自己以后会不会继续写作。

吴永熹：你不知道吗？

马里亚斯：我不知道。事实上我从来都不知道会不会有下一本书。我从来没有一种职业作家的感觉，因为大多数职业作家知道他们每隔一两年或几年会出版一本书,我从来都不知道。

当我写完一本书时,我不知道会不会有下一本。我的许多同行会说,现在我写完了这本书,然后我要写下一本,再下一本。但我从来都不知道。我总是在想还会有下一本书吗? 我不确定。

当然,在出完最早的两本小说时我还很年轻,我显然很不成熟,因为我的生活经验太少了。这两本书更多地受到了文学与电影的影响——它们更像是二手经验。所以我选择了等待,等待新的想法到来,或不来。

我花了许多年才找到了所谓的"自己的声音"。

吴永熹:你觉得你是什么时候开始找到自己的声音的呢?

马里亚斯:也许是从我的第四本书开始的吧。这本书不是很有名,它的名字叫《世纪》(*The Century*)。

然后是1986年出的下一本书《感性的男人》(*The Man of Feeling*)。再之后是1989年的《灵魂之歌》(*All Souls*),这是我第一本被翻译成英文的小说。也许是在这本书里我找到了自己的声音。之前的那些书在不同程度上都只是尝试。

吴永熹:所以一个作家在找到自己的声音之前要有许多次尝试。

马里亚斯：是的。这其实是今天的一个问题。我不知道中国的情况怎么样，但是在西欧，可能还有美国，人们已经没有足够的耐心去等待一个作家成长了。

许多人可能出了一两本书，如果它们在商业上不够成功，他们可能就出不了第三、第四本书了。我想如果我不是1971年而是2005年才开始出书的，如果我是今天的年轻作者，我可能就写不出《灵魂之歌》、《如此苍白的心》或《明日战场勿忘我》(*Tomorrow in the Battle Think on Me*)了——正是这些书让我获得了更广泛的读者群。今天的出版商可能不会有耐心说，让我们等等看吧，这个年轻人好像有潜力，让我们等等他。现在，大多数出版商不会等。

吴永熹：你在纽约的一次关于《你明日之脸》三部曲(*Your Face Tomorrow*)的活动中说，在这些书里你用了你父亲和一个牛津大学教授的故事。有趣的是，你提到你在写书之前去征求了他们的同意。我想这或许是一个许多作家都会遭遇并疑惑的问题——如果你的故事是取材于现实生活中某个人物的，你需要去征得他们的同意吗？否则它算不算一种偷窃？这种"偷窃"在多大程度上是能被容忍的？ 如果是一个听来的"二手"故事呢？进一步说，谁拥有讲述一个故事的权利？

马里亚斯：我觉得这得看情况。我猜它取决于你对故事进行了多少伪装。如果你对故事做了足够的伪装，让它变得无法辨认了，即便是经历了这些事的当事人也认不出来了，我想你是可以去用它的。

但如果你伪装得不够……在《你明日之脸》中，我不想去伪装，所以对两个人物来说它是很明显的。你也知道，其中一个是我父亲，另一个是牛津大学的彼得·惠勒，在书中他叫彼得·罗素，是一名小说家。我想在这种情况下我是应该去征求他们的同意的。我当然不是想用他们的全部人生故事，只是一部分，但还是足够明显了，他们会知道我在书里写的是他们。

有趣的是，在我去问他们的时候，他们都立刻爽快地同意了。这也是我为什么要把这本书分成三部曲来出的一个原因。一开始我是想出一本书，但我意识到这本书会很长。我意识到如果等到我把整本书写完，他们俩可能都已经去世了，因为在我问他们的时候他们都已经九十岁了。我发现当他们同意我去写他们以后，他们都很好奇自己在小说里会是什么样子。但不只是看自己变成了怎样的小说人物，那样的话我把手稿拿给他们读就可以了。他们是对读者对于他们的故事的反应好奇，即便小说人物的名字不是他们本人的名字。后来他们读到了第一本书，他们的故事主要也是集中在这本书里。我很高兴他们读到了这本书。

是的，我想你应该去征求别人的同意。我知道有些作家不会这么做，他们什么都拿来用，其中有些是我非常仰慕的作家，比如福克纳。福克纳说，为了写小说我会出卖我自己的母亲。我记不清他具体是怎么说的了，但是是类似这样的话。我做不到。当然我没有福克纳那么好。

吴永熹：我很好奇读者对你父亲的故事的反应。我知道他的人生经历很不寻常，他被佛朗哥送进过监狱。

马里亚斯：就像我说过的，他的故事主要是在第一本书里。总的来说读者对他的故事印象深刻。但是当然，读者不会知道那是我父亲的故事。或许我在一些采访中提到过，但是大多数国外的读者应该不会知道。

我的父亲是一名哲学教授，也是一个作家，在西班牙相当有名。西班牙的一些读者会说，哦，我不知道胡里安·马里亚斯的故事是这样的。当然在英国或中国不会有人这样说，他们会把故事当成小说来读。

不过故事本身足够吸引人了。简单来说，在西班牙内战中我父亲是站在共和政府这一边的。他没做任何坏事，但因为他的年龄，他被征兵了。在一些照片里他身上穿着共和政府军的制服。但他人在马德里，没有去前线。他总是说，我知道我一生中没有杀过人，因为我没有上过战场。他写了一些文章，在共和政府时代。他是共和派。

然后，当内战以佛朗哥获胜结束时，他被他的一个朋友指控了，他的一个非常好的朋友。

吴永熹：所以他受到了背叛。

马里亚斯：正是如此……他被指控了一些他从未做过的事。当然了，那是在一个独裁者治下。而且很快……内战是4月1号结束的，我父亲5月15号就被抓了。

那时候，如果一个人被抓了，最有可能的事是被枪决。会有装模作样的庭审，但那只是做样子，通常如果你被指控了，你就是有罪的。

我父亲很幸运，因为他只是坐了几个月牢，大约三四个月吧。然后他们对他开了庭，幸运的是一些人表现得不错，说了真话。他最后没有被枪决，而是被释放了。但很多年里他都受到了打压。对他来说正常的事应该是在大学里教书，但他们不让他教书。直到50年代中期之前他们都不许他给报纸写文章。对他来说那是一个艰难的时期。

这个故事的特别之处是，指控他的人是他多年来最好的朋友之一，这一点小说里也写到了。我有时候会问他，你没发觉吗？你没发觉这个朋友有问题吗？他会说，没有，从来没有。

书里有这样一句话：你很难知道任何人明天会有一副怎样的脸孔。书的名字就是这样来的。我们自以为我们了解别人，那些和我们亲近的人。但其实我们并不了解他们。我们不知道他们会做出怎样的事，会有怎样的反应。

我想所有人的一生中都会有觉得受到背叛的时刻，即便是在一些更小的事情上。他们会说，哦，天哪，我根本没想到这个人会对我做这样的事！我们会觉得失望，我们所有人，虽然不是因为像我父亲那样的大事……但是我们都会有这种感觉。我想所有人在过了一定年纪以后都会了解失望，了解被背叛的感觉。

吴永熹：背叛正是你的小说中常常出现的一个主题，不只是在《你明日之脸》中。你认为是你父亲的故事影响了你对这个主题的思考吗？或许它让你更深刻地体会了背叛的普遍性？

马里亚斯：可能是吧……

吴永熹：但可能我们总的来说还是天真的。就像你说的，我们有时候会非常天真。

马里亚斯：我们应该保持天真。总体来说我们也是天真的。就算在遭遇了背叛之后，我们对他人还是非常天真。就连我父亲也是这样。

当然，你必须永远这样想——就算你被某个人背叛了，这并不意味着你会被其他人背叛，或常常被背叛。

不，你不应该那样想。在我看来，像那样活着就太糟糕了。我一生中也被背叛过许多次，我了解那种沉重感……不是因为特别重大的事，我的意思是，不是事关生死的事。但这不会阻止我在认识新人的时候选择去相信。就算我知道你或许不能绝对地信任任何人——因为我父亲的经历，因为我本人的一些经历——但总的来说我还是选择相信，因为我认为这是活着的唯一方法。

吴永熹：你的小说的一个特色是它们借鉴了不少悬疑小说的元素。就像悬疑小说一样，你总是会在故事中做出提示和警告。虽然读者在阅读过程中不会察觉，但读到后来他们会发现所有碎片都拼凑在一起了，这时才会意识到书中已经留下线索。你会在写作时做很多计划吗？

马里亚斯：有趣的是我的写作方法和你想象的可能刚好相反。许多年前我在一篇文章里谈过这个问题，这篇文章叫《带着指南针漫游》("To Wander with a Compass")。

在那篇文章中我说，许多作家在写一本小说前已经有了一幅地图，在写作之前他们已经知道了故事的一切——故事中会发生什么，会怎么结束，每个人物的命运会是怎样，谁会活下去，谁会死掉，等等。但我的情况刚好相反，在开始写作前我对故事知之甚少。对我来说，那才是写作的主要乐趣，我想边写作边发现故事是怎样的。我几乎是盲目地开始写作，我没有地图，只有指南针。我知道我会向北走，但我不知道抵达北方的路径。我边写边决定要写什么。

有时候，看上去书里是有一些提示和警告，但其实并没有。事实刚好相反。总的来说，我只是决定这里会有这个元素，那里会有那个元素，之后我会强迫我自己在不同元素之间建立联系。所以我在那篇文章中说我是在"带着指南针漫游"。我在文章中说，我在写作中遵循着和主宰人生的同样的规则。

这是什么意思呢？打个比方，在你二十岁的时候你可能决定要做某件事。我不知道，或许你想去当一名飞行员，或是决定和某人结婚。然后，在你四十岁或四十五岁的时候，你希望你没有做过这个决定。但你已经做了，没有回头路可走。

我就是这样写小说的。我在第10页写下某些东西，不知道第200页会是什么样子。然后，当我写到第200页时，我不会去改动第10页。我当然可以这样做，但我从不会这样做……我会强迫我自己保留第10页、第20页写下的东西。我为什么要这样写的原因对我本人来说也有些神秘，或许这是我的一个怪癖……

吴永熹：那么你信奉契诃夫的那句名言吗？"如果你在第一章里写到了一把来复枪，在第三章你就应该让它开火。"

马里亚斯：不，我从来就不同意这句话。事实上我觉得它有点愚蠢。我觉得小说不应该有这种工整性。我可以告诉你一件事，如果你想听的话。在写这本最新小说的时候，只有几个元素是我已经事先决定的。有时候，正是因为我在去写之前就已经想好要怎么写了，我偏偏会对自己说，不，我不会这么写，我会换别的写法，因为这种写法我已经想到了。所以我做了改动。就算是一个月之前想到的东西我也会去做出改动。

吴永熹：莎士比亚常常会出现在你的作品中，比如在《如此苍白和心》和《迷情》中你都常会引用《麦克白》的故事。我在读你的小说时有时会有一种感觉，似乎你在写的是一个古老故事的现代版本——你仿佛是在写莎士比亚的某些"原型故事"的现代版本。对此你怎么看？

马里亚斯：不完全是。但我确实用到了其中的一些元素。我的小说确实从莎士比亚那里找到了不少灵感。但这些在作品中都非常公开地解释过。我从来不会掩藏我的灵感和素材来源。很多作家会，他们对那些东西只字不提。我会采取相反的做法，我会直接说，这一点的灵感是来自这里，那一点是来自那里。

就莎士比亚来说……我想现在许多作家都不去读那些最伟大的作家了。我能够理解这一点，因为对许多作家来说这是一件令人气馁的事。有时候我也会有这种感觉。当你去读这些伟大的作家时，你会自问，我这是在做什么呀？我真的有必要去为这个世界再添一本书吗？有时候这会成为一种恐吓，它会让你不想写作。

但莎士比亚对我来说刚好是相反的情况。他是非常丰盛的。他会带给我灵感。他不会阻碍我，而是邀请我去写作。为什么？我想这是因为，在他的伟大、美妙的语言等等一切之外，他是一个非常神秘的作家。有时候他会不经意地提到某个东西，但不去展开。有些人读莎士比亚时不觉得他有什么难以理解的地方，但如果你读得更仔细，你会发现他写的很多东西都是相当神秘，相当难以捉摸的。

吴永熹：就像《麦克白》中"a heart so white"这句引语也是相当神秘的，所以你不仅用它做了小说的标题，故事中也一再地引用了它。

马里亚斯：是的。或者再举一个例子，奥赛罗在杀死苔丝狄蒙娜之前那句著名的独白。他说，"It is the cause, it is the cause, my soul."（朱生豪译文：只是为了这一个原因，只是为了这一个原因，我的灵魂！）人们读到这句话，或是在剧场里听到这句话时会问，莎士比亚说"It is the cause"是什么意思？他没说"This is the cause"，他没说"She is the cause"——如果说"She is the cause"文意就会更清楚，也就是说苔丝狄蒙娜本人是她死去的原因,但莎士比亚说"It is the cause"。你就会停下来问"it"指的是什么?"cause"了什么?他的作品中这样的例子太多了。

再比如说我最新出版的小说《于是厄运开启》(*Thus Bad Begins*)标题也是从莎士比亚那里来的。它是《哈姆雷特》里的一句话。哈姆雷特有一句台词,"Thus bad begins and worse remains behind."我小说中的人物将这句话的后半部分"and worse remains behind"理解为"worse is left behind"("更坏的被留在了身后")。但在这本书被译成了一些其他语言后我发现,有些译者和我的理解刚好相反,他们将这句话理解为"更坏的还在后面",更坏的还没有到来。所以,看似很简单的一句话却可以是很暧昧的,这在莎士比亚那里很常见。他非常丰盛,就像我说过的。

所以这正是我常常重读他的一个原因。正常的情况会是你听到莎士比亚说,你这愚蠢的男人,你为什么要写作?但我却似乎听到莎士比亚在我耳边说,为什么你不去探索一下这个呢?这是我为什么一再重读他的原因,因为他会鼓励我写得更多。

吴永熹:还有哪些作家会带给你这种感觉呢?

马里亚斯:哦,总是同样的一批人,不是很多。有一位我很珍爱的、从来不会让我失望的作家——因为有时你去重读你曾经喜欢过的作家时你会觉得失望。当然这并不是谁的错，或许是你读某个人时太年轻了，或者是你现在太老了，两种可能性都有。但有一个作家从未令我失望过，他就是约瑟夫·康拉德。我觉得他好极了。我觉得他非常深刻，非常滋养人。我想时间非常仁慈地流过了他的作品，你不会觉得他过时了。当然，有一些层面，比如语言是有一些过时的感觉，但他的作品读起来是非常新的。我其实还翻译了一本他的书，我从中学到了很多。他对我的影响很大，特别是年轻的时候。

其他的作家还有狄更斯、福楼拜。还有蒙田，虽然他是一个散文家而非小说家，但他的作品非常美妙。然后还有普鲁斯特和巴尔扎克。但是莎士比亚才最给人那种丰盛感。

吴永熹：你的作品会给人一种新旧融合的感觉。在某些方面，你读起来和你喜欢的一些前现代作家有点像，比如莎士比亚和塞万提斯，因为他们写的是更激烈的故事，比如谋杀、决斗和复仇。而大多数当代作家更关注的是人生日常、平凡的一面。

马里亚斯：但我对那些没什么兴趣。

吴永熹：你更喜欢去写那些更极端的故事。

马里亚斯：让我告诉你一件事吧。这是我最近才意识到的事。我的大多数小说都是发生在当下的故事。《如此苍白的心》里故事发生在20世纪90年代早期。即便是《你明日之脸》的故事也写到了21世纪早期，那三本书的第一本出版于2002年。但我意识到我最近的两本书《于是厄运开启》和即将要出版的贝尔塔·伊斯拉（Berta Isla）都不是当下的故事。《于是厄运开启》中的故事发生在80年代，贝尔塔·伊斯拉——这是书中女主人公的名字——写的是60年代晚期到大约1995年的故事。

我必须去思考这个问题。为什么我现在开始去写历史了？虽然不是很远的历史而是晚近历史。问题是我不再像我从前那样习惯于书写当下了。我想这也许因为我的小说写的是特定的故事、特定的冲突、特定的人物。它们有某种特定的激烈性，如你所言。我将这归因于我的人物，我认为这样的人物放在今天将不再那么可信了。

我觉得今天的人——这句话说出来很沉重——已经失去了内涵。

吴永熹：你说到的这件事很有趣，因为这正是我接下来想问的。我想作为那种想要探索那些更激烈的故事与更极端情境的作家，最大的挑战可能就在于怎样将这些情境与情感写得可信。

马里亚斯：是的，我意识到了这一点。也许在20世纪八九十年代，人们这样去思考和行动还是可信的。因为我的小说里不仅仅有行动，还有很多思考，里面有许许多多的离题和反思。突然我想到，哦，在2015、2017年，人们不再那么喜欢反思了……不行，那不会是可信的。我说的不仅仅是年轻的一代，我不是说年轻一代一定比老一代肤浅。不是的。时代正在影响所有人。在我看来，在今天，一个五十岁的人常常和一个二十岁的、玩游戏长大的人一样肤浅，因为他传染了时代病。举一个愚蠢的例子吧。如果你走在街上看，可能一个五十岁、六十岁，甚至是七十岁、八十岁的人也在尽情地用手机拍照，和一个二十岁的人一模一样。这是传染的一个例子。我把它叫作传染病，时代的传染病。

这大概是我的小说在时间上往回走了的原因。虽然我认为我写的是一些不受时间限制的主题。我认为这些主题是没有时间性的，比如秘密。《如此苍白的心》的一个主题就是秘密有时候是好事，你应该有自己的隐私，而不是说出一切。而且别人也不会告诉你所有事。

也许现在的人本质上还是一样的，只是不再有那种意识了。他们不再自觉地去思考秘密的性质，不再去思考失望的性质，或是说服的性质。虽然这些事仍然是我们生活中重要的一部分，我认为它们是普遍的、超越时代的，但是人们不再那样去思考了。他们不再愿意去思考发生在他们身上的事。事情发生了就是发生了，你可以这么说。

吴永熹：我想人们不再思考的原因之一是他们太容易分心了。

马里亚斯：似乎是这样的。我写专栏已经二十年了，过去的十五年里我在《国家报》的星期天副刊上开专栏。我的许多专栏成了互联网上的"热门话题"——当然这是别人告诉我的，我自己不用社交网络。一些人对我写的东西，或者是他们认为我写了的东西感到愤怒，虽然它们可能根本不是我写的。

我意识到许多人根本就不会去读文章。他们只读了报纸提炼出来的一句摘要、一句话，然后他们说"哦这个人在'攻击'这个"，或是"他在为那个'辩护'"。或是别人告诉他们，哦，你知道吗，那个叫哈维尔·马里亚斯的愚蠢的男人在"攻击"这个。他们根本不去读我真正写了什么，但会变得义愤，然后做出反应。有时候我会怀疑写专栏的意义。

就像你说的，存在着人们的注意力普遍缩短的问题。而且有些人似乎就是无法理解一篇完整的文章，虽然这些只是星期天的报纸专栏，并不是很难懂的东西。我尽力写得清晰明了，但有些人似乎就是连一篇两页纸的文章也无法理解，你能怎么办呢？

吴永熹：你能怎么办吗？

马里亚斯：你能怎么办？当然还是有很多理由让你继续写

下去。原则上我是为那些有智慧的、有理解力的读者写作的。为愚蠢的人写作不会是一件有趣的事。

我曾经在大学里教过几年书，那是很多年前的事了。20世纪80年代我在美国一所大学里教文学，很显然，那里的学生对欧洲缺乏了解。我教的课里有一门是《堂吉诃德》，我本能地想把这门课设计得简单一些。但我转念一想，不行，我应该用正常的方法来教。在我教书的时候——我还在英国牛津和马德里教过几年书——在这些地方我都发现，如果你保持你的水准，学生们会努力去够这个标准。

现在许多人做的事刚好相反，他们会降低标准以使自己的东西更容易为"大众"理解。他们不会提高标准，因为没有人要求他们这么做。但我认为这是一个错误，一个普遍存在的错误。我认为你应该去保持你的水准，因为这是对读者表示尊重的方式。这是将读者当作有能力理解争论或说理的人的唯一方式。

吴永熹：就像你说过的，你的小说里有许多"离题"的部分，有许多反思。你的小说人物非常喜欢思考，并且在思考时常常有一种迷狂的倾向，一种穷尽一切的欲望。你会担心这种写作密度对有些读者来说太高了吗？

马里亚斯：我没有这种考虑。事实上我一直都知道我是很幸运的。我一直觉得如果我的书只卖一万五千册，那是完全正常的，没有人会觉得它是个丑闻。因为我写的这类文学并不容易，或者说并不"简单"——在这个词的坏的意义上来说。它并不需要读者付出很大的努力去理解，但需要他们付出一些努力。当然，前提是他们有兴趣。

有时候我想，我一直在用自己想要的方式写作，这是一件多么幸运的事。如果我的下一本书只能卖一万本而不是十万本或是二十万本，我没法抱怨。要是去抱怨的话我就太糟糕了，因为我一直都太幸运了，我一直在写我想写的那种书，但仍然没有被读者抛弃。我为什么要改变呢？我只是继续写了下去。这和我说的我教书和写专栏的方法是一样的，我为什么要降低标准？如果一个人不愿意读一本书，那么他或她就不会去读。

而且我已经太老了，不适合去担心这个了。如果在我三十岁的时候还有可能，但不是现在。

吴永熹：你对你自己的流行有什么解释吗？像这一类智性的小说，确实会对读者提出要求。

马里亚斯：我想在当下文学中常常被忽视的一个层面是语言，语言的韵律和吸引力。我认为它非常重要。

我注意到我的一些书似乎有一种音乐性、一种节奏感和韵律感，至少在西班牙语中是这样。它对读者有一种吸引力，语言带领他们一页又一页地读下去,就好像他们正乘着波浪在海上漂流。他们不在乎故事是否吸引人,或是书里插入了一段很长的思考。

有时候我会让行动完全停止,一连好多页。比如,在《你明日之脸》中,有一个人要对另一个人实行斩首。我没有立刻告诉读者他是否斩首了这个男人,相反,一连许多页我都思考为什么在今天一把剑要比一把手枪更恐怖。而剑在过去又是怎样被使用的呢?书里像这样的思考还有不少。一个不耐烦的读者会说,够了,快告诉我他对那人实行斩首了没。会有一些这样缺乏耐心的读者。但也有很多读者会对为什么剑比手枪更吓人的思考感兴趣。他们接受了这一点,并决定等待。

我想这部分是因为语言,至少在西班牙语中是这样。在某些语言中它在很大程度上是能够被复制的,比如我知道在英语中是可以的。作为译者我了解这一点。一些作家会给我这种感觉,另一些则没有。

有时候我读某个作家会觉得他的语言就像一阵阵的波浪,你可以乘上波浪,翻译时有如神助。有时候,在翻译其他作家的时候,你需要在你自己的语言中找到不同的节奏,虽然他们也是好作家。我想我的一些书在某些语言中是可以做到前者的。除此之外,我也不知道我为什么会有这种我配不上的流行度。

吴永熹：我不认为你不配。

马里亚斯：我说不配是因为我不是肯·福莱特或丹·布朗。当然我的书卖得也没有他们好。除此之外，我觉得可能还和我好奇的那些东西有关。

吴永熹：那么是哪些东西最能够激起你的好奇心呢？

马里亚斯：我之前提到的那些东西，至少提到了其中一些吧：人的本质，他们是怎么行动、怎么反应、怎么背叛、怎么制造失望的。你能够对人们有怎样的期待，不能有怎样的期待。期待的性质、秘密的性质、说服的性质。

我认为我的小说写的是生活中能让所有人感兴趣的层面，因为它们是普遍的、超越时间的。然后，有些人可能只是停留在表面上，只是去读故事，同时忍受着一些他们不那么喜欢的打叉和离题。但有些人也看到了书的文学品质，看到了其中的意象和语言，他们也会注意到其中的思考。所以我想这些书是可以被各种各样的人接受的，不管他们的文学修养怎么样。至少我的一部分书是这样。

吴永熹：我觉得幽默是你的小说的一个重要特色。在我看来你的书里有许多地方都很好笑，而且你使用的主要手法似乎是"对称"和"重复"。比如，在《如此苍白的心》中，你一直提到

"大型的"《纽约时报》周日版,以及一种"西班牙式裤型",这两个细节在不同人物间不断重复就造成了一种喜剧效果。但似乎你作品的这个层面不太为人注意。

马里亚斯:是的,我猜我的书里时不时会有一些笑话,一些疯狂的场景,或是疯狂的人做可笑的事情。这一点被谈到过,但有趣的是,它的确没有被给予应有的注意。人们注意的似乎是那些更严肃的层面。当然有些人注意到了,他们会对我说他们会因为某个场景或某个描写笑出声来。但是幽默这一点确实常常会被小说的其他特点所遮蔽。

是的,这一点确实是我非常感兴趣的——尤其是悲剧和喜剧的融合,在同一个故事里,有时甚至是在同一页纸上。这一点我在其他作家,还有一些导演那里也发现了,虽然不是很常见。比如比利·怀尔德是这样的,希区柯克也是。你能在莫里哀、本·约翰逊那里找到这种融合,有时候还有莎士比亚。这种悲剧和喜剧的交杂存在是我非常感兴趣的东西,因为我认为人生也是这样的。

我记得有一次我去参加一个我爱的人的葬礼。我是很伤心的,当然……当你失去你的父亲、母亲,或一个亲密的朋友时悲伤是正常的。但是当时我被一种幽默的情绪击中了,因为我想到了这个朋友过去有过的那种幽默感,我想到,他会觉得这件事很好笑——我这位刚刚死去的好朋友。然后我笑了起来。

我忍不住，你必须给我一分钟。我认为这是能将我们从许多可怕的瞬间里拯救出来的东西。当然了，没有什么能将我们从真正可怕的事情中拯救出来，但有两件事能在逆境甚至悲剧中帮助你。一个是幽默感，另一个就是如果你认为自己可以对别人讲述那件糟糕的事——如果你不是面临生命危险的话……

我有时候会想，这太可怕了，但如果我能将它说给一个好朋友听它就不会那么可怕了，在这件事结束的时候。让我们希望它会结束，那么到时事情就会呈现它好笑的一面，我就能去讲述这好笑的一面了。

吴永熹：所以在你经历这件事的时候，你是带着一种事后能将它与他人分享的预期在经历。

马里亚斯：在某种意义上，是的。伊萨克（Isak Dinesen）也说过类似的话。你知道伊萨克·迪内森吗？她还有一个名字是凯伦·布里克森（Karen Blixen），她是《走出非洲》的作者。她是丹麦人，但她用英语写作。她说过，一切都是可以忍受的，如果你能用它讲一个好故事的话。

一切都是可以忍受的，如果你对自己说你可以讲述它。想象它，想象你自己讲述它让它变得更容易忍受。当然，它不能改变事情的严重性，只是至少让它变得更容易忍受了。

吴永熹：和幽默一样，我觉得"讽刺"也是你在小说里常常使用的效果。但是讽刺起到的作用和幽默似乎不太一样。

马里亚斯：这得看情况。

吴永熹：还是让我们举《如此苍白的心》中的例子吧，在小说里你试图指出一些国际组织和个人的愚蠢行为，比如那种装模作样的国际会议，还有电视主持人那种"空洞却无法用力的眼神"。

马里亚斯：我不太记得这些细节了，如果你是最近才读过这本书的，你记得肯定比我清楚。这本书出版已经二十五年了，里面的很多细节我都忘了。

吴永熹：你认为讽刺在小说中的作用是什么？作家在这么写时当然没有什么粗俗残忍的初衷。

马里亚斯：是的，我认为他们没有。我觉得我这样写有时候是为了补偿某些东西，或许是为了补偿某件非常严重的事，或是某个人说的话——很可能是叙事者说的话，因为我的大部分小说都是第一人称叙事。为了补偿某件严重的事或可怕的想法，我会用一点讽刺或幽默的手法来安抚读者。

我记得写《时间的黑暗面》(*Dark Back of Time*) 时的一件事——我将那本书称作一本"伪小说"(false novel)。我记得书里有一些片段读起来特别可怕……我突然在想，我有什么权利将这些可怕的想法放到一个人的脑子里？我会有这样的想法是因为我刚好有一个这样的头脑，有时候一些可怕的、令人沮丧的想法会进入我的脑子里。但是我有权将这样的想法灌输到别人的头脑中吗？也许我不应该去写这个，不应该把它放到书里？但我还是会去写。我会去写是因为我想，好吧，读者只会花几分钟读这几页，然后它就过去了。也许它会在他或她的头脑里停留一会儿，但也只有这么多。正因为我不确定是否应该向那些平静快乐的读者介绍这样的想法，我会有一种补偿的欲望——紧接在那些困难的段落之后，我会用一些好笑或讽刺性的场景来补偿，有时甚至是在同一页纸上。这就好像是我在用某种"安慰剂"帮助读者去接受一些东西。就好像在你哄小孩子吃一种很难吃的药的时候，有时你会给他们吃糖果。有时候我也是这么做的。

吴永熹：我想用我们开头稍微谈了一点的问题结束今天的采访。我们之前谈到过，你父亲的故事对你影响很大，你本人也是在佛朗哥时代成长起来的。不过，政治在你的小说里似乎并不是一个重要主题。

马里亚斯：我想我最政治化的小说应该是《你明日之脸》。但你是对的，政治是很重要，但我写得并不多。我想这和我多年来一直在写专栏有很大关系，这些专栏文章很多是关于政治的。我想我可以把我作为一个公民的责任和作为一个作家的责任分开。因为当人们说"为什么小说家就可以对这个或那个品头论足"的时候，他们是对的，或者在一定程度上是对的。一个小说家就比一个木匠或出租车司机更有发言的权利吗？但是当然，有一些小说家确实会思考很多事情，或许还很深入。

有时候我会有一些溢出的想法，这或许是为什么我的专栏会被报纸和读者接受的原因。但正是因为我已经在写专栏了，我就可以把它和我的小说写作分开了。你或许能在两者之间找到一些重合，但总的来说，我认为我的小说是更接近真实的。

为什么这么说？你不是需要告诉读者你所认为的真实吗？但不是的。在为报纸写文章的时候，你常常需要多一些乐观，虽然你对许多事情是悲观的。你不能说一切都是无望的。虽然你在小说里常常觉得许多事情是无望的，因为人性的改变是很少的、很慢的。

所以，在小说里你就可以说一些你平常绝对不会说的事情，因为小说里总是某个人物在说话。如果你是在给报纸写文章，你用的是第一人称，署上了自己的名字，你就要对这篇文章负责。但如果你是让小说人物说话，即便他是一个叙事者，即便这个叙事者和你本人有点像，这也没关系——他是一个虚构人物。你可以说一些更残酷、更狂野的话，你可以讲述一切。所以，政治会以某种方式进入我的小说，但总的来说，我写的不是那种所谓的"时事政治"。这些我更多的是在专栏里讨论的。我恐怕我讨论政治的频率已经超出了任何政治人物喜欢的程度。

安·比蒂

写得越多,我就越不介意冒险。

Ann Beattie

二零一四年十月,美国短篇小说圣手安·比蒂的《纽约客故事集》首次在国内出版。

比蒂与大名鼎鼎的《纽约客》杂志渊源颇深,二十六岁即在上面发表作品,并一举成名。《纽约客故事集》收录了比蒂三十年间在《纽约客》发表的四十八篇小说,在作家本人看来,这些作品很好地展现了她各个时期的写作风格。

安·比蒂1947年出生于美国首府华盛顿。现年六十七岁的她一生中写下了大约同等数量的短篇小说与长篇作品,但她作为短篇小说家的身份更为知名,事实上,她被认为和雷蒙德·卡佛等人一起引领了美国七八十年代的"短篇小说复兴"。迄今,比蒂已经获得了四次欧·亨利短篇小说奖,并于2000年获得表彰杰出短篇小说的笔会／马拉默德奖。的确,比蒂本人也更偏爱短篇。她举出自己最敬佩的一些作家,如卡佛、格雷丝·佩里、黛勃拉·艾森伯格,指出他们一生都只创作短篇。对她本人而言,写短篇也来得更加得心应手。

与卡佛一样,比蒂的作品风格简约、意韵含蓄,二人同被称为"极简主义"作家。比蒂显然也是海明威"冰山理论"的信奉者,在她看来,在故事表层之下运作的东西要比呈现于纸页之上的更为重要。与擅写底层的卡佛不同,比蒂的人物则主要是美国的中产阶级,她关注他们的生活方式、人生选择与情感状态。在她最初赖以成名的那批作品中,比蒂以极为有效的方式,描绘出了一批年轻人的心理图景——他们的个性、矛盾、失落、孤独,他们的友谊与爱情;这些生活在20世纪70年代的动荡不安又个性独具的年轻一代甚至被称作"比蒂的一代"。比蒂笔下的人物常常是困惑的、迷失的,但同时又是聪明的、有趣的、温柔的。她写下了他们彼此交会的方式,借此更好地理解这些常常是"令人沮丧的、不可理解的"人物。时至今日,比蒂依然认为她的很多作品对她自己也是一个谜,而且她会尽量让它们保持这种属性。这或许是因为人性本身的复杂与难解。用比蒂的话说,"生活本身就是极度令人困惑的"。

我接触到的安·比蒂是活泼而亲切的,她很快接受了我书面采访的请求,言语轻松而俏皮。此前,比蒂曾长期担任弗吉尼亚大学埃德加·艾伦·坡创意写作讲座教授。今年,她辞去教授,专事写作。她专门给我发来一张在泳池边的近照,表达能够专心写作的愉快心情——对读者来说这当然是福音,意味着我们将有机会读到她更多的作品了。

※

吴永熹:你的《纽约客故事集》不久前在中国出版了。你认为这些故事在你的作品中是具有代表性的吗?你非常年轻的时候就在《纽约客》上发表作品,能否谈谈与《纽约客》杂志的工作关系是怎样的?

安·比蒂:我认为这些故事是有代表性的,当然,每个作家都觉得杂志并不是每一次都会选择他们最好的作品。比如,约翰·厄普代克在关于我的一本小说集的评论文章中就称赞了被《纽约客》拒掉的一篇小说(厄普代克的文章当然是给《纽约客》写的)。我想他在写这篇文章时一定和我读它时一样高兴。不过,谁又能说作家一定就是对的呢?我们也有我们自己私爱的作品。

我和《纽约客》的合作非常愉快,这主要是得益于我的编辑罗杰·安格尔(Roger Angell),他才华横溢,对作家和作品都非常理解。《纽约客》从不会先接受一篇作品，再要求作家对其做大幅度修改，如果他们不喜欢某篇小说，他们会直接拒绝它。我更愿意是这样，而不是对一篇已经被接受的作品做大篇幅改动。《纽约客》的编辑会带我去吃午餐，他们会认真对待我的作品，会对作品提出非常有用的问题，给出很好的修改建议，并且会核查每个故事中的所有事实信息。对我来说，最重要的是，罗杰成了一位好朋友。

吴永熹：评论界认为你和雷蒙德·卡佛曾经引领了美国当代短篇小说的复兴，你怎样看待这种说法？你的写作生涯中大约创作了同等数量的短篇与长篇，但你作为短篇小说作家的身份更著名——在这两种体裁中，你有更偏爱哪一种吗？

安·比蒂：我想评论家之所以会这么说是因为当时有许多作家都在创作短篇小说。事实上，在我刚开始写作的时候，就已经有许多杰出的，并且风格各异的作家在发表短篇作品，卡佛是其中之一。我认为没有人能够成功地模仿一篇真正的雷蒙德·卡佛作品——尽管许多人在尝试，或曾经尝试过。现在他们都去模仿其他人了。

我个人的确更喜欢短篇小说。卡佛就从未写过长篇。格雷丝·佩里（Grace Paley）从未写过长篇。黛博拉·艾森伯格（Deborah Eisenberg）从未写过长篇。许多我最敬佩的作家都是只写短篇小说的。对我来说，短篇小说这种形式来得更自然，更得心应手。

吴永熹：在你写作生涯之初，有哪些作家给了你影响吗？有哪些作家是你爱读的？

安·比蒂：我开始写作时读的当代作家很少，但那些我确实读过的到现在也是我最喜欢的：乔伊·威廉姆斯（Joy Williams）、唐·德里罗、斯蒂文·米尔豪瑟、雷蒙德·卡佛。他们给了我灵感，但我不认为他们影响了我的写作。他们让人觉得写作是一件很酷的事，一件需要极度真诚的事。从事者需要承担一定的风险，但它又是一件重要的、值得尝试的事。

吴永熹：你的早期作品曾产生巨大影响，引起了评论界的强烈兴趣。你怎样看"比蒂式的"（Bettiesque）/"比蒂的一代"（the Bettie generation)/ "比蒂世界"（Bettieland）这样的说法？你对被看作一代人的代言人是什么样的感受？

安·比蒂：如果当时有社交媒体的话，我不认为我的小说能产生那么大的影响。在今天，几乎所有人每时每刻都会接收到新闻。我们当然都知道，这种状况有好有坏。至于评论界对我作品的反应，我不太关心。如果你去读当时的评论，你会发现写评论的很少是我的同龄人。年长的书评人通常会倾向给我贴标签，这就是人们通常所说的"划定领土范围"。那时候我的反应是摇摇头，付之一笑，现在同样如此。当然了，所有作家都很高兴听到别人说自己是独特的。

吴永熹：你的许多作品是关于20世纪70年代的，你现在还会想到70年代吗？你认为70年代对于你这一代人意味着什么？

安·比蒂：不会，我很少想到那个时候。我意识到我在那些年里交到了许多好朋友，对此我满怀感激。但现在我偶尔才会去读关于那个年代的书和文章（可以是任何人写的），回顾过去时，我会想起一些不再存在于我意识中的事，这让我吃惊（当然了，也很难说我1982/1983年在想什么，现在又怎么看待那些年）。当我合上书时，时间又回到了当下。

吴永熹：你的故事时常给人留下一种既阴郁又温柔的印象。你的人物经常是没有目标感的、困惑的，但与此同时他们又十分有趣、热情，热爱音乐与艺术。这种温柔和阴郁并存的感觉是你在写作之初就怀有的印象吗？你认为你和你的人物是亲近的吗？

安·比蒂：从个性上来说，我认为我和我故事中的大部分人物都不是很像。我不喜欢写带有自传性的东西，我喜欢观察与我的日常生活有一定距离的事物。

在我开始写作的时候，我对于自己要描绘什么并没有一个总体概念——但很显然，我确实取用了我身边的事物，我个人直接观察到的东西，或是其中的碎片，我将它们捏合成了虚构的故事。在人们看来我好像确实是在报道某些事情，我想在某种程度上也确实是这样的。不过，我认为我小说的这一层面只是表面上的东西；对我来说，它们怎样深化、怎样在表层之下引发更深的共鸣则是更重要的：例如，什么时候开玩笑，什么时候抒情等等。我当然认为我的这些角色是值得探索的，尽管他们有时候甚至是令人沮丧的，不可理解的。我也必须承认，作家的性格对他或她感兴趣的主题有很大影响，这一点是非常主观的。对作家来说，你能做的只能是希望会碰到好的读者；你无法强迫别人去读你写的故事，或是你以为你写了的故事。

吴永熹：你的故事通常是怎样开始的呢？是从一句对话，还是一个角色？在我看来，你故事中的对话都十分出色，在日常生活中你也是一个喜欢倾听的人吗？

安·比蒂：事实上，我的故事通常是从一个形象开始的。一个十分普通的形象会变成故事的中心，尽管在我开始想要用它的时候我并不理解这是为什么。在某种意义上，几乎任何事物都能起到这种作用：一棵树、一颗星星、一辆停在车位上的车。当然，到故事结尾时，我确实会理解这是为什么（不然我就会放弃这个形象)。

有几次我是从一句对话开始的,但我从来没有用过真实生活中听到的对话。很奇怪,有时候你的脑子里会突然蹦出一句话。有时候这句话又会消失(被编辑掉),或是在别的地方再次出现,但是写下它会引导我去探索我将要探索的东西。很多时候我的故事对我自己也是一个谜,而且我尽量会让它保持这种属性,即便是在我写完它们的时候。当然了,写作方式没有对错可言,就像生活本身就是极度令人困惑的一样。

是的,在生活中我确实是一个倾听者。我想这是出于习惯。并且,相对来说,我更喜欢倾听——当你听别人说话的时候,你会有许多发现。此外,我不仅会听别人说了什么,也会听别人没有说什么。我不是十分信任话语——或者说,它们只是你需要考虑的事情中的一个层面。

吴永熹:你的许多故事都是围绕派对场景展开的。你是从什么时候开始意识到故事应该以派对为中心?在这方面有哪些作家给了你启发吗?

安·比蒂:我想作家天然就知道这一点——因为作家都是贪婪的读者,而文学作品中充满了一场又一场派对。(没有派对的话,乔伊斯精妙的《死者》会是什么样子呢?)你需要避免的是写下又一个老套的时刻,或是一个来得过分容易的顿悟时刻。要写出一个很差的派对场景是很难的,而要写出一个很好的派对场景则同样困难。我在高中时修过一门创意写作课程(这是我高中时代唯一拿Ａ的一门课),我从来不会直接去做作业要求的事(而不有意识地尝试做些别的)。我在这门课中很快就获得了赞扬和鼓励,而这门课的第一份作业就是要求我们描写一个派对上的人。我描述了所有人都离开之后房间里的样子。我之前从未思考过这个问题,但我想对于你这个问题的答案是,在我第一次尝试去写"派对场景"时,我就既写下了、又没有去写一个派对场景。我从不会只看明显的、眼前的事物。

吴永熹:我在一篇《纽约时报》的书评中读到,罗杰·安格尔是这样评价你的第一篇《纽约客》小说《柏拉图之恋》的:"我最喜欢这篇故事的地方是它的简省。除了最核心的部分,几乎一切都被省去了,给人一种贾科梅蒂式的印象。"你也一直被称作一位"极简主义"作家。我的印象是你后期的作品变得更长、更丰满,你认同这种观察吗?如果是这样,为什么会有这种变化?你是否担心会失去自己的风格?

安·比蒂:在很长一段时间里,我的故事确实变长了,但我不知道它们最终是否变得丰满了——也许它们只是在表层上变得更复杂了,故事在纸面上以一种更为可见的方式展开(这并不意味着它们不会在表层之下同时发生、建构、生长)。

我依然希望它们更多的是存在于表面之下。我想,变化的原因之一是,写得越多,我就越不介意冒险。或许我不再像从前那样谨慎了。我不像从前那样坚持要求读者去思考纸页之下的东西,我会将故事更多地放到纸面上。

不过,最近我开始写一些只有六页纸的故事。原因之一是我教了许多年创意写作课程,课上的学生交的作品许多都很长。我猜我本人开始写短作品是对读了这么多长故事的一份迟来的抗议。

就你的最后一个问题而言,我从不担心会失去自己的风格,因为"风格"有太多的组成部分,它们可以由太多不同的方式来呈现。而且,我的声音就是我的声音。我想我作品的展开方式是自然而然的:我会让作品本身来决定它们的长度。

吴永熹:在你开始写一篇小说的时候你脑海中会去想这个故事有什么道德内涵吗?换句话说,道德发现是你创作的动机吗?

安·比蒂:诚实的答案是:不是。

吴永熹:在《纽约客故事集》中,你个人最偏爱的作品是哪一篇?哪一(几)篇对你来说是最有意义的?你个人有最喜欢的角色吗?

安·比蒂:《燃烧的屋子》到现在还是我个人最喜欢的一

篇。很难说哪些作品对我来说是最有意义的，因为我将所有故事看作一个整体。我很少会单独考虑一篇作品的意义，但当我将它们编排到小说集中时，我会思考它们是怎样彼此加强，或相互之间形成张力的。这和做音乐没有太大区别，它们必须作为一个整体来运作——尽管我本人偏爱钢琴胜过小提琴。

乔伊斯·卡罗尔·欧茨

我是一个『透明』的作家

初见乔伊斯·卡罗尔·欧茨是在布鲁克林图书节的一次活动上，她和我没有听说过名字的另外两个年轻作家在一起做活动。欧茨一头标志性的钢丝鬈发，戴着细框眼镜，涂着也是她标志性的深红色口红。她长着一张古典式的微凸的鹅蛋脸，身材瘦弱，声音轻柔，看上去沉静而柔弱。作为可能是全世界最多产的文学作家之一，很难想象她瘦小的身体中蕴藏着那样大的能量。

众所周知，乔伊斯·卡罗尔·欧茨是一位"全能型作家"。她的创作涵盖长篇小说、短篇小说、诗歌、戏剧、童话、评论、散文、传记等几乎所有文学类型，迄今为止，她已出版了一百多部作品，并还在以每年两到三部作品的速度推出新作。她的创作主题也极其多样，既有对名人传记的再想象，也有对底层生活的刻画与揭露；既有哥特式的恐怖故事，也有引人入胜的悬疑小说。不过，我最喜欢欧茨的书还是她在1973到1982年写下的日记的结集，在这本长达500页的日记中，关于文学和写作的思考是绝对的重心，其中满是真知灼见。比如，欧茨在一个篇目中说，"我觉得自己是非常透明的。我更像一个观察者。我对周围发生的事更感兴趣。我不确定我是否有什么个性。有些人认为我确实有自己的个性，但我想，我在和特定的人在一起时是有个性的，当我不和他们在一起时，我就不再拥有这种个性了。我又变回了我自己，就像一杯透明的水。"这段话后来不时被评论欧茨的作品引用，原因大约是它确实是理解欧茨及其作品的一把钥匙。

2016年，我有幸联系上了欧茨，后者同意接受我的邮件采访。不过作家在接受邮件采访时常常会变得比较"惜字"，虽然最好的那些作家一定会做到言简意赅，直面问题核心，欧茨当然属于此列。自然，在这篇短文完成后，我颇有意犹未尽之感。但我知道欧茨想说的对我都已经说了，不应该再去打扰作家了。

❖

吴永熹：让我们从一个许多人都很感兴趣的问题开始吧——

你惊人的产量。迄今为止,你已经出版了一百多部作品,内容涵盖各种文学类型。你这么高产的秘密是什么?写作是一项非常耗费精力的活动,你如何保持如此旺盛的精力和创造力?

欧茨:我对于写作的爱,来自我对阅读和语言的爱。我从不将写作看成"工作"。写作很多时候是从想象中生发的,在我一个人散步或跑步的时候,在一个安静的地方。我真正用在写作上的时间,可能只是我用在计划和冥想上的时间的一小部分。

吴永熹:你作品中的主题和内容极具多样性。你写过家庭冲突、种族主义、爱、婚姻、青春期、性、暴力、连环杀手、拳击运动、电影明星……你的目标是成为巴尔扎克式的作家吗?也就是说,对你所处时代的人类经验进行一种百科全书式的记录。

欧茨:是的,我对我们时代的动荡、对它们背后的历史与社会因素非常着迷。但我更感兴趣的是人的个性,而且我试着赋予我的人物那些既有代表性,又有普遍性的特征。我的信条是"地区的就是普遍的"。

我对政治通常是悲观的,但对个人却是乐观的。

吴永熹:你从哪里获得想法和灵感?从阅读?和他人的互动?对他人的观察和印象?你会有意识地"寻找"经验吗?你

认为作家能够主动寻找经验吗?

欧茨：我想，我大概很少主动"寻找"经验。在我的作品中，我希望为那些有故事却无法讲述它们的人发声，这些人往往被压迫、被威胁、被噤声，他们被迫保持沉默。我认为，"见证"是写作的一个主要动机——对和我们不同的人表达理解和同情。我的大部分作品都完全来自我的想象，但它们和一些公共事件有很大的重合。

吴永熹：在你关于写作的文集《作家的信仰》(*The Faith of a Writer*)中，你写道，"最后一句话还没有写下时，第一句话就无法被写出。"可以谈谈你是怎么修改作品的吗？你会做多少重写工作？

欧茨：在写一本小说的过程中，我会不停地修改。我会经常回到第一页，重写。整个过程是持续不断的，像波浪一样，相当有趣——至少对我来说是这样。在这个过程中，故事是一阵一阵地出现的，而且总是在重写中获得的，所以，从第一页到最后一页，整本书的声音是统一的。

我认为语言应当具有音乐性，它应该是魅惑的、与众不同的。

吴永熹：你似乎对那些极端的人的心理十分感兴趣，你的许多作品是关于精神变态者、连环杀手、强奸犯、有极端控制欲的人的。去想象这种极端的精神状态，想象这些人的内心生活，对你来说吸引力是什么？

欧茨：我的兴趣在于"悲剧"这种形式——在这些故事中，人类要经受严峻的考验——关于勇气，不计后果的行为，甚至是自毁。

我对于平凡生活的喜剧不是那么感兴趣，但我对当代的一些讽刺家非常欣赏。

吴永熹：这些讽刺家都有哪些？

欧茨：主要是电视上的政治讽刺家，比如拉里·威尔莫（Larry Wilmore）、斯蒂芬·科尔伯特（Stephen Colbert）、乔恩·斯图尔特（Jon Stewart）和约翰·奥利弗（John Oliver）。

吴永熹：你那些"哥特"小说和幻想小说是从哪里来的？你在写这些故事时，心里想的是不同的读者群吗？

欧茨：人类的无意识、做梦的自我，可能常常会被定义为"哥特"的或是"超现实"的。我们的想象力是无限的。每个人都会做梦。一个人可能是幻想型艺术家，但他却无法用艺术来表达自己。

有多少幻想家、先知从我们当中穿越而过啊——他们都能够接触到幻想的世界，但却很少有人去探索它，将它翻译到他人能够理解并产生共鸣的艺术中。

吴永熹：你最长的小说是那本关于玛丽莲·梦露的《金发女郎》(*Blonde*，中文版译为《浮生如梦》)。你曾说玛丽莲·梦露的故事是一个被"神话"的、原型式的美国故事，怎么理解这句话？

欧茨：诺玛·珍·贝克（Norma Jeane Baker，梦露的本名）是一个近乎无父无母的女孩，一个童话式的孤儿，在"二战"后被扔到了20世纪美国历史的大潮中。她的人生故事既无比辉煌，又极具悲剧性。她一步步抵达了成功的巅峰，但只活到三十六岁就死了，也许是自杀，也许是受到了她那些有权有势的情人的胁迫。《花花公子》杂志选出的"性感偶像"之首以这种方式死去，极具讽刺性，令人伤感。

"玛丽莲·梦露"是别人给她取的名字，是一种商业计算的洗礼。她被"设计"出来，是为了取代一个老去的女星的位置，也许是贝蒂·葛莱宝。

吴永熹：你的一句话常常被引用。你说："我觉得自己是非常透明的。我更像一个观察者。我对周围发生的事更感兴趣。我不确定我是否有什么个性。有些人认为我确实有自己的个性，但我想，我在和特定的人在一起时是有个性的，当我不和他们在一起时，我就不再拥有这种个性了。我又变回了我自己，就像一杯透明的水。"让我们来讨论一下这个"透明性"的概念。你认为这是拥有某种野心的作家必须要有的特点吗？为了书写他人，作家本人必须是透明的，因为他或她需要忘掉自己，变成莎士比亚口中的"作品的工具"？

欧茨：这是一个非常复杂的问题。有些艺术家有非常强烈的个性，有一些则是相对"透明"的。因为想要尽量呈现一种境况，或是某个哲学问题的不同层面，我会试着让自己变得"透明"。

尽管我有一套确定的道德观念，但它总体来说也是相对"民主"的。我不是一个精英主义者，而且我通常对那些所谓的"普通人"的生活更感兴趣。比方说，那些是妻子或母亲的女人，她们将自己的人生奉献给了家庭——这不应该被看作一件轻松或随便的事。

吴永熹：你似乎很喜欢教书。对你来说，这项工作的吸引力是什么？和有活力的年轻人接触的机会？一种属于某个群体的感觉？

欧茨：我很喜欢和年轻作家交往，当然，其中有一些也不那么年轻了。如果他们的作品是严肃的，我会觉得它们非常有趣。我很喜欢和他们相处。

教写作工作坊和写作的性质是刚好相反的。写作是极其孤独的，而且常常充满挫折。在工作坊，结束一门课时，总是有一件确定的事被完成了。而且我在普林斯顿、纽约大学和伯克利的学生都是极其出色的。

吴永熹：对那些不太熟悉你作品的读者来说，你会建议他们从哪里开始阅读？

欧茨：对喜欢短篇小说的读者，我推荐一本我的近作《可爱的、黑暗的、深邃的》（*Lovely, Dark, Deep*）。对于小长篇，我会推荐《黑水》《僵尸》。

有些读者喜欢长篇和相对复杂的小说，我会对他们推荐《金发女郎》、《我活着为了什么》（*What I lived for*）、《迦太基》（*Carthage*）。我还会推荐几本相对短一些的半自传性小说《我会带你去那里》（*I'll Take You There*）、《天堂的小鸟》、《没有影子的男人》（*The Man Without a Shadow*）。

保罗·奥斯特

我的所有写作都起源于一场可怕的意外

Paul Auster

和保罗·奥斯特的采访约在了奥斯特位于布鲁克林公园坡的家里。那是一栋始建于1892年的褐石建筑，上下四层，他和同是作家的妻子希莉·哈特维斯特已经在这里住了二十多年。奥斯特的书房位于半地下的底层，长形的房间里隔出一个只留门洞的封闭式小房间，那里是奥斯特写作的地方，他那台有四十年历史的著名的打字机就放在L形书桌的右手边。下午四点，当我按响门铃的时候奥斯特并没有听见，在电话里他向我道歉，说他在楼下工作，忘记了时间。

从楼下书房出来为我开门时，奥斯特看起来状态很好，脸上既没有劳作了一天之后的人的那种疲惫，也丝毫没有一个已逾古稀之人的暮气。他身材轻盈，穿着一身舒适的便服：黑色直筒牛仔裤、黑色长袖T恤、半旧的藏蓝色拉链连帽衫。奥斯特为我倒了水，我们在起居室一角的两只绿色单人沙发上坐了下来。采访的那天纽约下着雨，下午四点天就几乎黑了下来。寒暄一番、大致了解我的背景之后，奥斯特并没有急着开始采访，倒是给我讲起了故事。

第一个故事是关于希莉的妹妹的。希莉的一个妹妹会说流利的中文，为了工作常常会去中国。有一次，希莉的妹妹和她的中国同事来到广东的一个村子里——这个村子当时时常会有一些抗议活动。不巧的是，那天这位会讲中文的妹妹与她的同事是坐在一辆黑色的吉普车里的，在村民眼中，这是当地官员常开的车。不知何时一群愤怒的村民围住了车，开始要砸车。希莉的妹妹只好打开车门，用中文和村民理论了起来，并成功地劝解了村民。当村民们四散走开的时候，希莉的妹妹听到一个村民对另外一个人说："真奇怪啊，我居然听得懂英语了。"我当然笑了。看到我的反应，奥斯特脸上露出了满意，或者说不无得意的表情。与照片中那个常常看起来骄傲、孤僻、眼神冷硬的男人相反，我几次接触到的奥斯特都十分地随和健谈。这天我意识到奥斯特大约确实是一个享受收集故事、享受讲故事并且把它讲好的人：不仅是在书里，在日常生活中大约同样如此。那天我有幸得到不少听故事的礼遇（一小时的访谈外加一小时的闲谈），或许不仅仅是因为当时适于围炉的天气，而且因为几个增加了作家兴趣的巧合：半年前我曾在布鲁克林的一家花旗银行里偶遇过他并叫住了他（他不认得我但记得此事；那也是我迄今为止唯一一次在街头偶遇一位国际大作家）；我是他的前妻及最初的文学伙伴莉迪亚·戴维斯的中文译者；以及我第一个想起的过往采访对象是萨尔曼·拉什迪（拉什迪是奥斯特的好友，而就在采访开始的半小时前奥斯特刚刚和拉什迪通过电话！）。众所周知，"巧合"是奥斯特作品中最常出现，也是他最钟爱的主题之一。

我们的采访主要围绕他在中国出版的新书《4321》展开。这是一本厚达800页的鸿篇巨制，是奥斯特迄今为止最长的小说。小说围绕一个名叫阿奇·弗格森的犹太男孩展开，在书中，奥斯特为弗格森编写了四种不同版本的人生故事。小说并不是一个平行宇宙的故事，而是对一个哲理命题的推演：如果是这件事而不是那件事发生了，我们的人生会是怎样？这是一个我们许多人心里都曾闪现过的疑问。奥斯特说他就是被这个想法吸引住了。

小说《4321》可以说是对这个想法的某种相当极致的实验与演绎，它完整地讲述了四个版本的弗格森的成长过程。乍看之下，四个故事有时甚至令人迷惑地相似：四个弗格森都成长于同样的家庭与地理区域；他们都热爱文学，很早就开始了写作；他们都有着强健的体魄，热爱运动；在青春期，他们都饱受性饥渴之苦；在激昂的60年代，他们都有着追踪政治的热情。当然，他们之间也有着显著的不同：一个因在一场车祸中失去了两根手指而变得缺乏自信，一个在青春期伊始就因一场意外而去世，一个因为在纽约电影院的一场邂逅开始了对同性之情的探索，一个因在酒吧和几个种族歧视者发生肢体冲突而被普林斯顿大学取消奖学金。不同的、稍显混乱的家庭关系；一场接一场的情感追逐；艰难的、时常殚精竭虑的自我发现之旅。奥斯特解释说他将小说设置成了一种漩涡状的结构，让它的四个部分不停地旋转、上升。他说他想让整本书呈现一种舞蹈的感觉，一种叙事之舞，让小说以一种巨大的能量推动着读者读下去。的确，在奥斯特的最新小说里充满了青春期的躁动与能量，一点都看不出是他于古稀之年完成的作品。

当然，书中还是有一些是他此前作品一以贯之的主题：例如巧合与意外死亡。奥斯特并不否认他对这一题材的钟爱，因为他自认为这是他世界观的核心，而这一切，与十四岁时一个可怕的意外经历有关：在暑期夏令营，奥斯特目睹了身旁同学遭遇雷击死亡。"这是我生命中最可怕的一个经历，它彻底改变了我的人生。我认为我的所有写作都出自这个重大的、意外的经历。"

采访进行了没多久，奥斯特起身去了里屋，回来时手里握着一只小小的黑色电子烟。"我是四五年前停止吸烟的。""现在我抽电子烟",他像一个时髦的布鲁克林文艺青年那样说。他坐下来一连吸了好几口,黑色的塑料烟管里吹出一簇簇白雾。对一个资深"烟民"来说,吸烟大概是一个辅助思考的必需动作,就像他坐在沙发上时会用手不停触摸沙发扶手一样,仿佛是在为谈话寻找一种稳定的节奏。采访结束后他领我去参观他楼下的书房。几个大书架上摆满了书,当然,其中一架颇为壮观地摆着他来自不同国家各种语言译本的作品。他向我展示了他正在写的关于19世纪晚期美国作家斯蒂芬·克莱恩的手稿,一本似乎是A4大开本的黑色硬皮笔记本上,整齐细密地写满了小小的字,偶尔有几处涂掉修改的地方。完成手稿之后,奥斯特还要将它在打字机再打一遍,同时修改,完成修改之后他会再请人将稿件输入电脑。

在等待出租车的时候,雨依然没有停。奥斯特坐在起居室窗前的沙发上帮我看车(我叫的 Uber 出了问题,于是奥斯特帮我打电话叫了一辆出租车)。这大约是一个理想的作家的居所:大、安静、舒适,像古堡一样私密而坚不可摧,将世界隔绝在外。它地处相对安静的布鲁克林,但不远处便是喧嚣繁华的曼哈顿。最开始作为一个年轻作家"撤退"之地的布鲁克林,多年后成了他和妻子的福佑之地。这当然和他们多年的坚守有关,熟悉奥斯特的读者都会了解他在开始写作的早年那些穷困潦倒的日子。"我这辈子最幸运的事是我从未为别人工作过。有时候，我会在地铁上看到一些刚下班的人，他们的脸色灰暗阴沉。我庆幸我的需要没有那么多，所以我从未想过要出去找一份工作。"我问他是否想过会在某个年纪退休。"大概不会，"他说，"除非到了我不得不退休的那一天。"他说他想趁现在脑子还清晰、身体状态还好的时候多写一些，他还有很多话要说。

∴

吴永熹：奥斯特先生，写《4321》这本800页的书你用了多久？

奥斯特：我想总共用了三年半，这比我预期的时间要短得多。这本书很特别，我开始写它的时候是六十六岁。你读过《孤独及其所创造的》，所以你应该知道我父亲是六十六岁的时候去世的，他走得很突然。那个时刻很奇怪，我就要比我父亲活得长了。就好像我要跨过某道隐形的分界线了。

你来到了界线的另一边，进入了一个奇怪的领地，这种感觉不太对，你明白吗？我一直想着我可能会死，会突然死掉。我害怕我会写不完这本书，这是我最不希望发生的事。所以我写得特别努力。我一直很努力，但在这本书上尤其如此，所以这本书完成得比我预期得要快。

吴永熹：你每天会花多少时间写作？

奥斯特：大概是五到七个小时吧。

吴永熹：在这本书之前，你的工作时间是怎样的？

奥斯特：和这本书差不多，但是星期天我会给自己放假。写这本书的时候我星期天基本也不放假，一周工作七天。也许每天工作的时间也要长一些。

吴永熹：所以这本书是一口气写完的？

奥斯特：是的。因为在开始写之前，整本书已经在我脑子里了，我都没有记太多笔记。当然，我可能会有二十个想法，但坐下来写的时候只会用四个，因为想法太多了。很奇怪，这本书一开始就在那儿了。

而且我也从来不觉得区分那四个弗格森、记住书中不同版本故事中的所有人物有什么困难的。他们全都清清楚楚地存在于我的脑子里。我不知道这是因为我已经写了很多年，所以可以将这些信息都存储在脑子里，还是因为这本书有某些特别之处。我无法告诉你。

吴永熹：这种情况之前发生过吗？因为在我和别的作家聊

天的时候，他们大多数都说在坐下来写作之前他们不知道自己要写什么。

奥斯特：哦，是啊，对我来说也是这样。我的意思是，我每天早晨下楼写作时，我也不知道这一天我会写出什么。但你总能写出点什么。我认为如果你不是任其自然发生，写作就会了无生气。你必须边写边去发现，因为写作是一场冒险，它带领你进入未知之地——这才是它令人兴奋的地方。我知道有些作家会在写作前将一切都计划好，他们已经想好了情节、大纲，做好了计划，并且会按计划行事。对我来说，如果你已经把故事都想好了，当你写作的时候，你就等于是把书全部重写一遍。我没办法这么工作。我猜你采访过的大多数作家也不是这么工作的。

吴永熹：是的。我猜这和你前面说的"这本书已经在你脑子里了"并不矛盾。但面对空白的稿纸，你会有畏惧感吗？

奥斯特：当然，有时候会有。有时候会很难。你会有好日子和坏日子。有时候会一连好多个星期都很坏。你看，我也有过开始一本书，但后来对它极度厌烦，不得不把它扔掉的经历。一开始我以为它会很有趣，结果它不像我想象得那么有趣。

大约十年前我在写一本书，我本以为它会很不错，因为我脑子已经里有了所有这些人物。但我就是不知道该怎么讲这个故事。我不是在将它向前推进，而是不断地走到岔路上。无论如何我都驾驭不了它。最终，在努力了大约六个月、写了100多页以后，我把它扔掉了。我知道这本书是有缺陷的。这种事会发生，几乎是不可避免的，毕竟我们都不是机器。

吴永熹：《4321》写的是一个叫阿奇·弗格森的男孩和他四种不同版本的人生故事。在书的末尾，作者提出了这样一个问题：如果是这件事而不是那件事发生了，我们的人生会是怎样？如果我们是做了这个决定而不是那个决定，我们的人生会是怎样？这是一个许多人都会问的问题，但这本书的有趣之处是，它将这个想法推演到了极致，事无巨细地描述了四种人生的全部细节。它是对"如果……那么……"这个想法的一个疯狂的实验。

奥斯特：（笑）我就是被这个想法吸引住了。我立刻就知道书应该是关于这个叫阿奇·弗格森的人物的。我不需要到处去寻找他。一开始我不知道应该写几个男孩，我不确定。事实上我一开始的想法是九个。但我意识到这是不可能的。之后我将这个数字缩减到了七个，然后是五个，最后我意识到"四"是个合适的数字，它是一个完全平方数。

你知道这本书（的英文版）是两年前出版的。书出版后我在十五个月里去了十六个国家，期间做了不少采访。有些人问我，为什么你不把这几个弗格森们写得更不一样一些呢？对我来说这么做是荒诞的，因为他们总的来说就是同一个人啊。他们有着同样的基因构成，相似的成长背景。不是说一个人小时候被带到了中国，在那里长大。不是的，他们都是在同一个地理区域内长大的。

最大的不同是他们的父母。父母的婚姻状况、父亲的财政状况是强是弱——这是影响男孩将要怎么发展的最重要的因素。我不想将其中一个写成天文学家，一个写成银行抢劫犯，一个写成核物理学家，另外一个写成……我也不知道，开垃圾车的？我认为这没有道理。

吴永熹：你提到这一点很有趣，因为我读这本书的时候就在想这四个弗格森其实非常相似：他们有着相似的兴趣，性格也有不少相似之处，还有政治倾向……

奥斯特：其实他们的性格有很大的不同。如果你愿意的话，我们可以详细谈谈这一点。

吴永熹：好的。

奥斯特：首先，弗格森一号。他有一个问题，就是缺乏自信。他一直在自我怀疑。而且后来的那场车祸进一步削弱了他的自信，让他变成了一个更加犹豫不决的人。他无法像自己想要的那样勇敢。他是一个受挫之人。他想当一个诗人，但是他认为自己的诗歌不够好。他的人生中有某种挫败感。他后来成了一名职业记者，但你会感觉这只是一种退而求其次的选择。

弗格森二号是一个更开放、更坚强的男孩。他活得不长，但他在学校里敢于为了坚持自己的立场与群体作对——在他办那张小报的时候。他受到了许多攻击，被边缘化，但他坚持不屈。在某种意义上，他是所有男孩中最了不起的一位，最有潜力去做许多了不起的事情的一位。但是可惜，他没有活到让我们去见证这一点的那一天。

弗格森三号是最困惑、最痛苦的一位。年幼丧父对他打击很大，让他变得情绪不稳定。不过在故事的结尾，他渐渐长大了，你在他身上看到了一个崭新的成熟的男孩。例如，在他写给继父的关于安妮·弗兰克的信中，他已经成了一个比高中时更成熟、更深刻、更智慧的人。

弗格森四号是一个充满愤怒的人。这很大程度上是因为他的父亲、他父母的婚姻，还有他对于美国消费主义世界的金钱与物质崇拜的厌恶。他对一切几乎都持反对意见。这让他更冷酷、更强硬，但我认为也更不讨人喜欢。而那个困惑的弗格森三号则非常可爱，他是其中最可爱的一位。

对我来说，这几个弗格森之间的区别是很明显的，我可以很容易地进入每一个人的内心，我清楚地知道他和另外三位的不同。但是回到小说的出发点，他们有着同样的身体……所以，他们都具备运动天赋，都很灵活、健美、热爱运动。他们都很喜欢音乐，并有着灵敏的耳朵。我认为这是他们都走上了写作这条道路的原因，不论是成为记者、批评家、小说家、诗人还是译者。这些职业都与"耳朵"有关——这种对语言敏感的耳朵是他们共同具备的生理条件。还有什么呢？哦，他们都对性有着狂热的兴趣，但我认为大多数人都是这样的。

吴永熹：那么读这本小说的时候，读者应该仔细注意这些男孩的相似之处与不同之处吗？

奥斯特：不是的。我觉得小说就是一条道路，你顺着这条路走下去就行了。然后，取决于读者想读得多深，取决于他们对思考什么样的问题感兴趣，他们可以自己去思考，然后自己得出结论。这本书里有很多值得思考的地方。

吴永熹：书中还有一条明显的线索是20世纪60年代的政治，你写到了美国60年代的许多重大历史事件，以及它们对弗格森的影响。这是你将小说的叙事时间设定在弗格森的青少年时代的原因之一吗——去书写60年代？

奥斯特：这是个有趣的问题。在我刚开始构思这本书的时候，我想象我会将他们带到晚年。但我后来意识到，不对，所有人人生中最有趣的阶段其实都是开头,因为作为年轻人,你经历的所有事情都是第一次经历:这种发展与成长是最让我感兴趣的地方。当你长到二十岁、二十二岁的时候,你差不多就已经稳定下来了,你余下的人生差不多都是这个样子。我们还是会不断改变,但再也不会像小时候那样剧烈地改变了。我对早期发展这个问题产生了极大兴趣。

你读过《冬日笔记》,这本书里写到了一些我童年的事。但我在下一本书《来自内部的报告》(Report from the Interior)里更集中地书写了这个主题。这本书的前100页是它最重要的部分,写的是我十二岁之前的事。这是我成年后第一次坐下来,尝试去寻回我最初的记忆。大部分事情我都完全忘记了,但对于那些我能想起来的事,我开始去探索它们。我想是这两本书——尤其是第二本——激起了我去探索童年的兴趣,只不过这一次是在小说里面。

当然了,这些弗格森们和我本人在许多方面都很相似,但这并不是一本自传小说。我只是将自己的成长年代与地点用了进去,因为那是我最熟悉的时间与地点。但我并不是其中任何一个男孩。他们与我有一些相似的特征,一些相似的对事物的看法,但他们的故事并不是我的故事。我把细节都改掉了。比如说,我母亲和她姐姐之间的关系也很冷漠,我母亲很崇拜她的姐姐,但她姐姐对她不是很好(注:如同小说《4321》中的设定一样）。但在现实生活中我的阿姨并不是一名教授，我母亲也不是摄影师，这些都是我编出来的。

吴永熹：你认为读者应该怎么去读这本书呢？是应该从头到尾去读吗？

奥斯特：我不知道。我能告诉你的是，我是按顺序写的。有读者告诉我他是把书撕开，然后将第一部分、第二部分、第三部分、第四部分分开来读的。我认为这是一个巨大的错误，但我猜有人会想要这么读。不过我有什么资格告诉他们这样是错的呢？虽然我认为如果你按照书原本的顺序去读，你会更充分地体验它——因为这本书有一个漩涡状的结构，它在不停地旋转。在这本书里我用了许多长句子，我想通过这些不断延伸的长句创造一种旋转之舞。我想让整本书呈现一种舞蹈的感觉，一种叙事之舞。它在盘旋，上升，以一种巨大的能量推动着你读下去。我认为对这种体量的书来说，能量是很重要的，因为如果没有能量，这么长的一本书是让人很难忍受的。在我看来，这本书就像很长的一段音乐。如果不按照恰当的顺序来读，你就无法听到这种音乐。

吴永熹：人们经常谈论你小说里的自传性，包括这本书。这可能是因为你的小说人物往往与你本人之间有不少相似性，例如这本书里的弗格森们。

奥斯特：但是他们是错的⋯⋯我写过一些非虚构作品，那些书是自传性的，书里我写的是真正发生在我身上的事。不过我也并没有写过一本真正的自传。所有那五本书都是以我本人为例来探索人类生活某个方面的一种尝试，但我从来没有真正坐下来讲述过我的人生故事——在那种经典的"自传"的意义上。我对做这件事不感兴趣。

但小说是小说。而且事实是，所有作家在写作时都会用到他或她生活中的一些层面，这是不可避免的。因为，除此之外我们还有什么呢？不过，一旦你将这些事写进小说，它就变成了虚构（fiction），就算它是以真实发生过的事为基础的。就这本书而言，唯一真实发生过的事就是那些历史事件，它们当然都是真实的。比如哥伦比亚的学生运动，当时我在场，但我不是学生报纸的记者。我在其中一栋楼里面，而且被捕了。

整本书里我只能想到有两件事是从我的生活里直接拿来的，而且它们都不是很重要。一个是弗格森四号去看的一场篮球比赛，是在纽瓦克的一个黑人街区，就是那场有三场加时赛的篮球比赛。这件事确实是真的，我记得应该是1961年，当时我在赛场。我们是体育馆里唯一的白人观众，比赛确实拖到了第三场加时赛，我们也确实在最后一秒钟因为一个球员投进一个三分球赢了球赛。比赛结束时许多观众确实想揍我们，导致我们不得不仓皇逃出了球场。但是那天没有人挨打，我也没有挨打。

所以这是一件事。另一件事是阿奇四号喜欢的来自南非的罗森布罗姆一家人。他们是以真实人物为原型的，那家人的女儿确实是我的一个朋友，我非常喜欢她。她确实去过以色列，但她不是我的女朋友。她在非常年轻的时候就得癌症去世了。我也很喜欢她的父亲，我过去常常会去他家找他聊天。他是一个很了不起的人，充满魅力。他确实拥有一家工厂，也确实因为反对种族隔离的立场被赶出了南非。这些事情许多都是直接从我的个人经历中拿来用的。

除此之外我就想不起来什么了……哦，不对，还有一件事。在高中的时候我喜欢过一个黑人女孩。有一次我约她出去，被她拒绝了。

吴永熹：她给了你书中同样的理由吗？（注：书中的理由是黑人不能与白人交往。）

奥斯特：没有，她就是拒绝我了，她就是说"我不想去"。我把这件事写进去是因为这件事让我既惊讶又受伤。当然书里的对话和现实中不一样。都是这样的小事情。

吴永熹：或许人们的误解还来自小说人物的爱好和一些倾向

性,比如有好几位弗格森都很喜欢法国,你本人也很喜欢法国。

奥斯特:这还是因为我想去写我熟悉的地方,我不想去写任何我自己没有体验过的事。就地点而言,它们是新泽西、纽约和法国,还有佛蒙特州。这些是我在书中想写的地方。

吴永熹:书里详细地写到了60年代许多重要的历史事件,写了它对弗格森们的影响,对弗格森朋友们的影响。回过头看,你认为60年代给美国留下的遗产是什么?

奥斯特:我对60年代持一种悲观主义的看法。我认为60年代对我们很多人的影响是,它带给我们希望,也让我们见识了希望破灭的过程。我认为我们没有解决任何事情,也没有发生太多改变。

吴永熹:在这本书里你写到了一个在你的小说中一再出现的主题,也就是"偶然"在生活中扮演的角色。这个主题对你为什么这么重要?

奥斯特:让我给你讲一个故事吧,我认为这个故事与这本小说的核心有关,它的起点就是这个故事。这是一个真实发生在我身上的故事。当时我十四岁,我参加了一个在纽约州的夏令营。那天我和二十多个男孩一起在森林里徒步,我们遭遇了非常恶劣的暴风雨。当时非常可怕,天全黑了下来,暴雨如注,电闪雷鸣。我从未见过那么大的雨，闪电像剑一样在我们周围刺下来，就好像我们被轰炸了。

我们当时在一个密林里，有人明智地说，我们应该走到空地里去。我们应该离开这些树，那样安全一些。所以我们找到了一块空地，但要抵达那块空地我们得从一面带倒刺的铁丝网底下钻过去。我们排成了一排。我离前面的男孩很近，我的手几乎都能碰到他的脚。就在他爬到一半的时候，一束闪电击中了铁丝网，让他立刻毙命了。但我当时不知道这一点。看到他不动了，我就绕过他，然后把他拖到了前面的草地上。我当时不知道他已经死了。我在草地上试图抢救他，尝试了一个小时。雨还在下，闪电还在往下砸。

后来我才知道他当场就死了。这是我生命中最可怕的一个经历，它彻底改变了我的人生，彻底改变了我对世界的看法。我认为我的所有写作都出自这个重大的、意外的经历。

我意识到，在任何时刻，任何事都可能发生在任何人身上。没有什么事是确定的。我们行走的土地是非常不稳定的。

而且你会想为什么不是我呢？如果闪电早落下来十秒钟，或是晚落下来五秒钟，死掉的人没准就是我。我想这就是你说的"偶然"。完全是因为运气，有些事发生了，有些事没有发生。我只有一次在一本非虚构的书里写过这件事，那本书叫《红色笔记本》。我写的那个故事很短。但我从来无法在小说里去写这件事。我想在《4321》里处理这件事了，它就是这本书的核心。这甚至不是一个有意识的决定，我不知不觉地就被领到了那个方向，然后我才意识到它是我想去写这本书的原因。后来我想到，我还剩多少时间呢？是时候去做这件事了。

吴永熹：你说目睹朋友发生意外的经历改变了你的人生，它也影响了你去当一名作家的决定吗？

奥斯特：不，我不这么认为。我那时候就已经对写作很感兴趣了。我真正下决心要当作家是在十五岁的时候。在那之前我一直在写东西：短小的故事，诗歌。我不知道这是怎么回事，因为我的父母都没有上过大学，他们也从不读书。但我一直很喜欢阅读，纽瓦克也有很好的图书馆，我那时候老是往图书馆跑，借书回家读。我开始写一些模仿罗伯特·路易斯·史蒂文森和埃德加·爱伦·坡的小说。它们很差劲，令人脸红地差劲，但我乐此不疲。

吴永熹：任何人最初的尝试可能都很差劲⋯⋯

奥斯特：也许是的。不过我要说的是这件事，我清楚地记得我第一次写了一首诗的情景，我大概是九岁。那是个星期天，我不用上课。那是初春的一天，我记得起床后我突然觉得心情无比愉快，因为冬天结束了。我走出了家门。那时候小孩子都是可以一个人行动的，没有大人在旁边看着他们，我想干什么就干什么，所以我走出门准备散一会步。我去了附近的一个小公园。在公园里，看着那些鸟儿、那些知更鸟，我感到无比快乐，我突然对自己说：我得写一首诗。于是我继续走着，一直走到了镇上。我走进了纽瓦克的一家商店，买了一支笔和一个本子，然后回到公园，坐下来开始写一首关于春天的诗。一首极其糟糕的、愚蠢的、可笑的关于春天的诗。

那天我的发现是，当你在写作的时候，你会觉得与周围的事情联系得更加紧密了。你与世界之间的疏离感减少了，因为你置身其中。不仅是与他人，还有事物——空气、树、鸟、一切事物。你感到与身边的世界联结了起来。这是一种美妙的感觉，一种庄严的、振奋人心的感觉。我觉得就是这种发现让我很早就开始了写作。不过当时的写作是断断续续的，有时候我会一连好几个月什么都不写，有时候又会很有冲动写点什么。但是到十五岁的时候，我开始认真起来了。我写了好多短篇和诗歌，并且一直写了下去。

吴永熹：纽瓦克还出了一个国际性大作家菲利普·罗斯——不幸的是他去年去世了。你们之间有交往吗？你怎么看他的作品？

奥斯特：罗斯活了八十五岁，这是很长的一生了。我们是朋友，我很喜欢他，但就写作而言我们两人之间没有任何关系。

我们都出生在纽瓦克这一点不代表什么。因为他比我年长十五岁，他的感觉（sensibility）和我的完全不同。当我还是一个年轻作家的时候，我对罗斯的看法是他是一个不错的作家，但我对他的作品不感兴趣。他太传统了，我对这种写作不感兴趣。当我年长一些的时候我对他的作品更能欣赏一些了，但也不算特别喜欢。可是我喜欢他这个人。我们后来发现在我三岁的时候我可能就见过他。当时我父亲喜欢带我到纽瓦克的一家热狗店吃饭，那家店叫西德热狗店。那是一个奇怪的地方，他们会卖水煮的热狗，但它们极其美味。我们时常会进去买个热狗坐下来吃。后来罗斯告诉我他高中有一年在那里工作过，所以他很可能站在柜台后递过热狗给我（笑）。

吴永熹：那么美国作家中你比较喜欢谁的作品？

奥斯特：那些对我产生过比较大影响的美国作家都是19世纪的作家，比如梅尔维尔、霍桑、梭罗、艾米莉·狄金森、惠特曼。这些作家是我最在意的，至今依然如此。在我年轻一些的时候我十分喜欢一些20世纪早期的作家，比如菲茨杰拉德、福克纳、海明威、纳撒尼尔·韦斯特、约翰·多斯·帕索斯、舍伍德·安德森。这些都是我非常喜欢的作家。但等我年长一些以后，在20世纪50年代和60年代，美国文学中最强劲的是诗歌。我认为这是美国诗歌的黄金年代，我可以很轻松地给你列出五十到七十五个优秀诗人的名字——其中有些人会比另外一些人好，但都是有趣的、值得读的诗人。小说领域在我看来是比较平淡的。但在同一时间，在欧洲和拉美却有很多有趣的小说出现。在北美则不是如此，那个时期没有产出过经得起时间考验的作品。那个时候出过谁呢？诺曼·梅勒、威廉·史泰龙。我认识这些人，也喜欢他们，但我不认为他们是好作家。还有贝娄。每个人都说索尔·贝娄是好作家，但他的东西我完全读不下去，我觉得他极其无聊。还有罗斯、迈克·摩尔。在我年轻的时候这些人都不在我的雷达上，我就是对他们不感兴趣。

吴永熹：詹姆斯·鲍德温呢？在《4321》中，弗格森热爱鲍德温。

奥斯特：我很喜欢鲍德温。我年轻时只读过一些他的东西，我很喜欢。后来，在准备写这本书的时候，我对自己说我应该去重读鲍德温。我读的是美国文库的版本，一本是小说集，一本是散文集，它们都很棒。不过我现在读的书没有以前多了。在我年轻的时候我像吃书一样读书，我无时无刻不在读书。现在，也许因为我写作太勤奋了，一天结束的时候我总是觉得筋疲力尽，我读得不像以前多了。

吴永熹：你的娱乐是什么呢？ 我知道你不用电脑和手机。

奥斯特：在晚上的时候我和我太太希莉会一起看老电影。希莉也是一名作家，她写小说，也写关于艺术、哲学和神经科学的散文。她非常棒。她和我一样努力。因为工作的原因，她需要追踪一些领域的最新知识，她每天下午会花几个小时看书。晚上的时候我们会在沙发上躺下来，一起看老电影放松。在棒球季，我会看棒球，我仍然非常喜欢棒球。

吴永熹：你目前在写书吗？ 可以透露一下它是关于什么的吗?

奥斯特：在写，我在写一本关于斯蒂芬·克莱恩（Stephen Crane）的书。它是一本非虚构作品，结合了传记和对克莱恩作品的分析。目前已经写了400页了，还有大约300页要写。我预计还有一年多、大概十五个月能写完。

吴永熹：你近年来好像比较喜欢写厚书了?

奥斯特：是的，我也不知道为什么。也许我更习惯这种厚度的书的叙事节奏了。

科伦·麦凯恩

爱尔兰人是通过说故事联系在一起的

Colum McCann

科伦·麦凯恩是一位名副其实的"国际作家"——他出生于爱尔兰,但从二十岁出头就生活在纽约。迄今为止他出版了六本小说,三部短篇小说集,主人公不仅有爱尔兰人、美国人,还有俄罗斯的舞蹈家、捷克斯洛伐克的吉卜赛女诗人、法国的杂技狂人。麦凯恩说他喜欢被称作"国际作家",因为这个词体现了一种灵活性和广阔性。他认同迈克尔·翁达尔对当今世界混杂性的看法,认为作家应该去利用这种混杂性,对其加以探讨和描绘。

在新著《飞越大西洋》里,他写了七个人物的七段故事,横跨三个世纪,人物彼此命运相交。一方面是有历史记载的真实人物：在大饥荒期间的爱尔兰宣传废奴运动的黑人道格拉斯神父、20世纪初首次成功飞越大西洋的飞行员阿尔科克和布朗、20世纪末在推动北爱尔兰和平谈判中起到关键作用的美国参议员乔治·米切尔。在另一方面则是处于历史背面的"无名者"。她们是一个家族中不同世代的四位女性，她们的人生以不同的方式与三位历史人物相交，或受到前者影响，或以自己的方式影响着前者，影响着显性的历史。

这些不同人物的故事和命运折射出了爱尔兰民族的命运。人们承受苦难，经受考验，出走，回归，再出走，再回归，思考自由与勇气的意义，追寻着和平与希望。"飞越大西洋"这个题目也成为爱尔兰人命运一个隐喻。麦凯恩采用了自己擅长的虚实相交的写法，将真实与虚构糅合在了一起。在麦凯恩看来，小说是跨越边界的，它也用自己的方式刺激人们去思考历史，以及真实与虚构之间的关系。

和麦凯恩的采访可能是我做过的最特别的采访之一。采访当天，我提前十分钟抵达了麦凯恩位于纽约上东区的公寓楼里。我在大堂里的一张长椅上坐下来，准备过几分钟准点上楼，没一会儿，却碰到了牵着一只金色小狗准备出门的麦凯恩。麦凯恩的照片我当然已经看过很多次了，所以我确定自己没有认错人。我愣了一下，赶紧追了出去。"麦凯恩先生？"我说。对方停下脚步，回头说："是的，有什么事吗？"我赶紧自报姓名，并提醒他说我们五分钟之后有一个采访。"啊，是的。"麦凯恩点头说。"但是你看，我的小狗现在要出门，我们准备去中央公园，你愿意和我们一起去吗？我们可以边走边聊。""嗯……好啊。"我说。那天下着毛毛细雨，但应该不会影响录音笔工作，而且在春天的中央公园和一个牵小狗的作家边走边聊倒也应该不失意趣。后来的事实证明，采访进行得比想象中的还要顺利，中央公园的行人、跑步者和其他遛狗的人并没有让我们任何一个人分心。采访结束后，麦凯恩又带我回到他的书房拍了照片。那只叫莱拉的小狗一直很温驯，她安静地陪伴我们走了近一个小时，从未打断谈话——她在专注于她自己的那一个丰富多彩的世界呢。直到回到家里她才在地上打滚撒娇起来。

∴

吴永熹：你刚到美国的时候完成了一次漫长的骑行之旅，那是一段怎样的经历？

麦凯恩：我用了十八个月骑自行车横穿了美国，骑行了一万多公里，最后我到了得克萨斯州。我先是在一个青少年管教中心工作，然后加入了一个野生动物保护项目。那期间我写了两本小说，但两本小说都没有出版，也永远不会出版。

吴永熹：你都写了什么？

麦凯恩：坦白说，我写的是我自己。在那两本书之后我就再也没有这么做过了。对我来说，你需要将你自己剔除在你的小说之外，然后你才可以去发现他人。当你在书写他人的时候，你会更强烈地感受到你自己。

吴永熹：这和我想问的一个问题相关。你曾经说过，一个作家不应该去写自己了解的事，而是应该去写自己不了解的事。这和主流观点相反，因为许多作家都说，你应该去写自己了解的事。

麦凯恩：是的。当然，从逻辑和哲学的层面来说，要去写你不了解的事是不可能的。我这么说的时候是半开玩笑性质的，在一定程度上是出于挑衅常规的目的。因为不管怎样，你唯一能写的只有那些你了解的事。然而，你却可以去写你想要了解的事，在这个过程中你会发现你本来已经知道，却没有意识到自己知道的事。这就好像进入了另外一层意识空间，它让你能够接触到那些通常不会浮出水面的事。

所以，对我来说，我是通过写那些看似离我的生活很远的事发现我自己的。而且我不想去写我自己呀。写什么呢？写我在一个五月下着毛毛雨的下午在中央公园遛狗吗？谁会想读这个？反正我不会想读。当然，我说的是我本人的经验，说的是对我本人有用的规则。我不会说你必须这样写作，必须那样写作。而且规则本来就是用来被打破的。

吴永熹：你刚在中国出版的小说《飞越大西洋》里有几个相互交织的故事，在这些故事中，你最先想到的是哪一个？也就是说，有没有一个故事是整本书的源头？

麦凯恩：是弗雷德里克·道格拉斯的故事。道格拉斯在19世纪40年代去了爱尔兰，在他还是一名黑奴的时候。我完全被这个故事吸引了。我一直想写这个故事，但我不想只写这个故事，原因之一是我不想写一本历史小说，我讨厌"历史小说"这个词。

吴永熹：为什么？

麦凯恩：它太做作，太假模假式，太规矩了。人们太容易将它放进一套条条框框里。而且，当我们讲述过去的时候，我们其实是在讲述现在，不是吗？你想讲述某个特定时代的故事是有原因的。

我知道，道格拉斯的故事是个有意思的故事，但我真正想写的是爱尔兰。当下爱尔兰最好的故事是什么？最尖锐、最令人伤感的故事是什么？是我们的和平谈判。所以我决定从道格拉斯的故事开始，以推动了和平谈判的美国参议员乔治·米切尔的故事结束。我还需要一个放在中间的故事，我想到了人类历史上第一次跨越大西洋的飞行。当然，我故意把这些故事的顺序打乱了。这些都是男性角色，而且都是真实存在的人物。我想要将虚构与非虚构混合在一起，所以又写了四个虚构的女性人物的故事。

吴永熹：哪个部分更难写，虚构还是非虚构？当然，整部小说都可以被看作虚构，是你的虚构。但是那些基于真实事件的部分与想象性的部分在写作难度上有区别吗？

麦凯恩：它们都一样难写。对我来说，我对那些我虚构出来的人物和那些真实的人物负有同等的责任。那些有历史记录的事情并不会更容易写，去想象参议员米切尔的生活和去想象小说结尾的虚构人物汉娜的生活一样困难。

吴永熹：在你去写一个还活着的真实人物时，你会觉得自己受到的限制更多吗？

麦凯恩：不会。我将他和虚构人物同等看待。对我来说，虚构的小说人物也是活生生的，利奥波德·布鲁姆（乔伊斯小说《尤利西斯》中的人物）和任何人一样真实。

吴永熹：《飞越大西洋》中的一个重要事件是爱尔兰大饥荒，

对爱尔兰人来说，那是一段惨痛的历史。我觉得有趣的是，你在小说里是通过一个外来者——也就是美国废奴运动领袖道格拉斯神父的视角来书写这段历史的。

麦凯恩：是的，你总是可以用新的角度去看旧的故事。我想到通过道格拉斯的视角去看爱尔兰饥荒是一个很好的方式，一个独特的方式。——有一个来自美国的黑奴，一个长期被侮辱和被损害的人来到爱尔兰传播黑人解放运动，然后他看到的却是一个异常悲惨的画面。他看到那里的人们受到歧视，忍饥挨饿，但他却无法对此发声，他受到了良心的谴责。我认为从小说创作的角度来说，这是一个很好的视角。

吴永熹：你是从什么时候开始将真实人物、真实事件写入小说的？这样做的作家还有哪些？

麦凯恩：这种写法我想是过去二十、二十五年间才出现的。唐·德里罗这么写，迈克尔·康宁汉这么写，现在很多年轻作家也在这么写。我第一次用这种写法是在写《舞者》的时候，那是在2001、2002年，那时候这种写法还比较新潮。我意外地用小说的笔法写了一本传记，我喜欢它和世界互动的方式。过去我觉得这是一种偷懒的写法，现在我不这么认为了。我觉得它是一种对当代现实发言的方式，它在思考什么是事实，什么不是，什么是真实，什么是谎言。

我觉得它是一种极具政治性的形式,因为它质疑一切,尤其是质疑事情的真实性。比如,我们经常被政治人物所欺骗,科林·鲍威尔拿着一艘伊拉克油轮的照片告诉我们里面有化学武器,我们相信了他,因为我们看到了那张照片,然后伊拉克战争开始了。所以,我想用小说提醒人们去追问真实和谎言之间的关系,我认为这是文学的一种政治参与。

吴永熹:那么,你在写这些人物、故事或是历史时期的时候,是在借它呈现你自己版本的解读吗?

麦凯恩:不是,我想做的是唤醒读者的想象。我想要读者沉浸到那个时代中去,去感受它,用我书写的生活去重新创造生活,让他们去对世界提问。我想让他们去提这样的问题:我们在做的事是正确的吗? 是足够善的吗? 是足够符合人道的吗? 老实说,我写的故事都是比较黑暗的,我不会逃避邪恶和暴力,但我也想要展现人性的优雅。

吴永熹:在过去的几百年间,爱尔兰人常常在迁徙,这似乎是爱尔兰作为一个民族的重大主题。在新小说里,你似乎是想将"飞越大西洋"这一主题作为爱尔兰人命运的一种象征。

麦凯恩:是的。移民对我们这个民族产生了深刻的影响。在大饥荒之前,爱尔兰的人口是九百万;大饥荒期间,一百万人移民到了美国，一百多万去世了，爱尔兰的人口缩减到了只有五百万（注：应为六百六十万）。

爱尔兰人一直在流动，我们一直都是游徙者，一直都在寻找"别处"。所以，离开、流动的主题对于爱尔兰灵魂的"神话创造"（myth-making）一直很重要，也是许多爱尔兰作家的主要主题，比如科尔姆·托宾、约瑟夫·奥康纳。乔伊斯和贝克特都离开了爱尔兰，爱尔兰人总是在离开——有时候你需要离开才能回家。

吴永熹：你觉得这一点对爱尔兰人的身份认同和自我意识有怎样的影响？

麦凯恩：哦，极其重大，它深刻地影响了我们怎样认识我们自己，认识我们在这个世界上的位置。在某种意义上，我们是一个散居的民族。这样一个散居的民族靠什么维系民族认同感呢？我认为靠的是文化、书籍、故事、艺术、语言、音乐。爱尔兰文学能成为英语文学中这样一股强大的力量，很可能正是因为我们是如此分散，我们唯一能够彼此联系的方式就是运用语言来讲述故事。

吴永熹：你在小说里描写了历史上第一次驾飞机跨越大西洋的航行，那是由两个英国飞行员完成的。你对这次航行的描写非常生动，尤其是对于两个飞行员身体反应的描写，那种在面对极端危险时的瞬间感受。你是怎样去想象飞行时的感官反应的，你为此做了什么研究吗？

麦凯恩：我想写作的一大要旨就是进入他人的身体与心灵。部分原因是我们想要获得一段不一样的经历，因为我们都想感受成为他人是一种怎样的感觉。为什么我们会去看电影？就是因为我们想真切地知道成为他人是什么样的感觉。

写这次飞行的时候，我没有太多去写这两个飞行员的心理感受，而是更侧重去写他们的身体反应，由此你可以去推断他们的心理状态。这是因为我觉得作家不应该"讲述"过多，他们应该用戏剧的手法去描绘一个世界，以一种新鲜的方式。在那两个飞行员不断上升时，我想要读者真切地感受到那种寒冷，感受到他们牙齿的颤抖。为了写这一部分，我还去北达科他州尝试开了飞机。

吴永熹：开得怎么样？

麦凯恩：我怕死了。

吴永熹：但它对你的写作应该很有帮助吧？

麦凯恩：很有帮助，但我是写完了才去的。我通常是自己先去想象，再去做研究来验证我的想象，以确保我写的是准确的，或至少是在我的能力范围内尽量做到准确。

吴永熹：这是你的工作方法吗？

麦凯恩：是的。在我的写作生涯中我发现，如果你先动用自己的想象，你会获得那些你直接去收集信息不会得到的东西。

写乔治·米切尔那部分也是这样的。我问米切尔是否介意我去写他的故事，他同意了，他的妻子问我想不想去他们家做客，我说我不想。他们很惊讶，不知道我是什么意思，我说我想先自己去想象。这和记者的工作方法完全不一样。写完后我把稿子给他们看了，他们对我指出了哪些地方是对的，哪些是错的，我在那个基础上做了修改。他们很惊讶我竟然知道那么多。比如，我写了这样一句话，说米切尔很想被葬在一个荒漠小岛上。米切尔的妻子对我说，你不可能知道这个呀，因为我们是两个星期前才第一次聊到这件事的。她说，你怎么知道的？我说，我不知道，我只是凭直觉这么想的。

吴永熹：这还是挺神奇的。

麦凯恩：也许是运气吧。但我了解他和时间、地理的关系。

吴永熹：在小说的第三部分，你写了四个"无名"的角色，她们全是女性，是同一个家族里的四代人。我的感觉是这四个角色的个性与性格是有差异的，似乎老辈的女性个性更坚强，更年轻的就相对比较软弱——你认同这种解读吗？这是否和时代状况相关？

麦凯恩：我必须要说我喜欢最后那个故事中的女人，我觉得她掌握了自己的命运，虽然她的房子被收走了，她失去了很多。我觉得她很有智慧，面对逆境，她的生命中还是有许多优雅和乐观的东西。她的故事是对现代状况的一种评论吗？也许是吧。在今天，想要做一个英雄主义的人比从前更困难了。但这也许只是一种幼稚地看世界的方式，因为每一代人都会觉得世界比从前更糟糕了。

吴永熹：所以我们有这种想法只是因为我们身在其中，是一种对过去的眷恋？

麦凯恩：在很大程度上是的。

吴永熹：你能否说说那封被几代女性保存了一百多年的家信的含义？它一直是一个悬念，但最后才揭开，但信的内容其实非常简单。

麦凯恩：哦，这封信是一个工具，是一个文学上的道具，为的是把所有的故事穿在一起。我最开始想到书里要有一封信的时候，我想的是，不要啊，我讨厌文学中的书信！我心想我是谁啊,简·奥斯丁吗? 直到我去写它之前,我都不知道信的内容是什么。所以对我来说,那封信就是未公开的历史。我一开始有点怕去写它,但我现在很高兴我这么写了。事实是,这样的东西确实存在,小说出版后有人对我说他们家里就有这样一封未拆开的信,家里人一直在辩论:我们应该把它拆开吗,还是不去动它? 小说里的信是一封简单的信,但也是一封优美的信,我一直在为读者保留空间去想象它上面说了什么,读者和我知道的一样多。

吴永熹:我想知道你在开始写一本书之前需要知道多少?又有多少是你留到写作过程中去发现的?

麦凯恩:我觉得写作在很大程度上是凭感觉的,它是一种感觉,一种发现。作家就好像音乐家一样,你走进演奏室,拿出萨克斯,拿出小提琴,拿出吉他,开始演奏。然后你把它们组合起来,直到你有了一首歌,直到你知道这首歌是完整的、合适的,你无法再对其加以改进了。对我来说,写作是同样的一个潜意识运作的过程,是对我的潜意识加以利用的过程。但话说回来,你需要是一个好的音乐家才能做出好的音乐。

吴永熹:但你需要先"成为"一个好的音乐家。

麦凯恩:这就需要大量的练习了。回到写作,你需要不断地写，不断地阅读，不断地修改，不断地尝试。这并不简单。写作不是一件简单的事，事实上有时候它是极其困难的。

吴永熹：那么你有写不出来的时候吗？

麦凯恩：没有。好吧，去年我有一段时间有过写作障碍，那是因为我经历了一个事故，我在纽黑文被人打了，被送到了医院。那段时间我写不出来，但最后是写作帮助我走了出来。但总的来说，我不相信有"写作障碍"这件事。

吴永熹：你都在什么时候写作？

麦凯恩：哦，我希望我有更多时间写作。我要做很多事：我写电影，教书，我创办了一个叫"Narrative 4"的慈善组织，我有小孩，我是一个足球教练，我还出席很多慈善活动。写作的时间没有我想要的那么多。但我马上要开始写一本新小说了，等我开始的时候我会躲开很多事。

吴永熹：这本新书是关于什么的？

麦凯恩：我不知道……好吧，它是关于一个很难写的题材的——因为我喜欢难写的题材。我要写的是中东地区。然后也许有一天我会去写中国，谁知道呢？

吴永熹：非常期待你写，当下的中国是一个有很多故事的地方，这也是一个很值得书写的时代。

麦凯恩：哦，是一个值得大写特写的时代。

吴永熹：你的写作很特别的一点是，你是爱尔兰人，在纽约生活，写作的题材又很广泛，囊括了全世界的事。很多人将你称作"国际作家"，你对这个定义怎么看？

麦凯恩：我挺喜欢这个词的。归根到底，我是一个爱尔兰作家。作为一个人，我是一个生活在纽约的爱尔兰人。但作为一个作家，我喜欢被称作"国际作家"。迈克尔·翁达杰曾提到过"世界的混杂相交"这一概念，有许多人是在一个地方出生，但在另一个地方生活的，写的也是另一个地方。我觉得这体现了一种灵活性，一种广阔性。

乔纳森·弗兰岑

作家就是要走到最炙热的地方去

Jonathan Franzen

乔纳森·弗兰岑的家在加州北部的海边小城圣塔克鲁兹，他和作家女友凯茜一起住在这里。这是一栋建于三十年前的不甚起眼的小房子，和周围的房子紧紧挨在一起，花园也只是狭长的一小条。院子里，几株红玫瑰开得正艳，在风中招摇。尽管可能已是美国最富有的文学作家了，弗兰岑的生活看上去仍是朴素的。他说他喜欢这栋房子是因为它占地很少。遵循着同样节约资源的哲学，他家里的大多数家具都是二手买来的。不过窗外的风景却是绝美，院栅外便是深深的峡谷，对面山崖上，白皮的尤加利树高耸入云，峡谷外能看到一线蓝海，加州强烈的光线让一切都显得过分鲜明，甚至于有些失真。弗兰岑说他喜欢这里还因为这是一个很好的观鸟地点，众所周知他是一个狂热的观鸟爱好者。

我是和《时尚先生》杂志的团队一起来到弗兰岑家里的，这次采访是《时尚先生》"巨匠与杰作"全球系列访谈的一部分。我们一行有好几个人，包括编辑、摄影师、摄像师，同时进屋的还有一大堆摄像器材，一时让屋子里略显局促。在弗兰岑的带领下，摄影师和摄像师先是将器材搬到了侧面一间车库改成的工具间里。按照流程，首先进行的项目是杂志封面硬照的拍摄。为了配合拍摄，那天弗兰岑特地穿了西装和衬衫，不过穿了一条介于休闲与正式之间的深蓝色牛仔裤，戴着他标志性的黑框眼镜。我称赞了他的牛仔裤，弗兰岑略带腼腆地笑笑说，谢谢，这是我最好看的一条牛仔裤了。一旁的工作人员都笑了。拍摄结束后，弗兰岑松了一口气，拍照显然不是他擅长的事。不过他还是称赞了摄影师，称他"did a great job"，并以体现出作家式观察力的语言说："你的性格很平静，让人很放松。"

闲聊一会儿后，采访开始。弗兰岑坐在深灰色的沙发里，显得很放松。他直言，相比拍摄，他更愿意接受采访。虽然我们已经提前给他发了采访提纲，但弗兰岑说他并没有事先看过提纲，而我可以尽管向他提问。五十七岁的弗兰岑对现在的生活似乎很满意。不过，像许多成功的作家一样，他通向成功之路并非一帆风顺,而是不乏挫败和挣扎。三十多岁时他曾经生活困窘,父母相继生病离世(他的父亲得了阿尔兹海默症),和前妻的婚姻分崩离析,而尚未成名的他还对自己是否具备写作才华陷入了深度怀疑……我们的采访自然绕不开他这段成名前的历史,绕不开他是怎样将那段人生危机进行创造性转化,写出了他的成名作《纠正》的。而十年后的《自由》,虽然已经不再带有同样的自传性色彩,但其精神内核却基本上是与《纠正》一脉相承的。

在弗兰岑的小说中,"家庭关系"这一略显老式和过时的主题占据了绝对的重心,其中,父母和子女的关系又是主要聚焦点。弗兰岑擅写父母和子女之间纠结着爱与痛、控制与对抗、伤害与悔恨的情感故事。不论是在《纠正》还是《自由》中,年轻一代总是试图通过远离家庭、对抗父母来界定自己,重塑自己的人生,却发现"纠正"上一代人的错误远比想象中困难。他们用想象中的方式追求自由与幸福,却发现自由与幸福的关系远比预想中棘手。小说的主题是由一个个扎实、具体的场景和细节来呈现的。以后现代作家的姿态起家的弗兰岑最初对这样的主题并不自信,他觉得它太私人、太柔和了。

"我写了一本500页的书,书里最重大的问题是这一家人能否在圣诞时团聚!"他曾经为这样的写作羞愧。但评论界和读者的热烈反应让他意外,也给他吃了一颗定心丸。他笃定了他应该写的就是这种来自一个更私人的地方，被读者以一种更私人的方式阅读的书。这样的书比他从前模仿后现代作家写出来的小说更加重要，因为它们来自一个"更炙热的地方"。在弗兰岑看来，这是一个炙热的地方，因为它往往让人们感到尴尬和羞耻。

"我是在开始写作二十年后才明白了作家的责任是什么，作家的责任是走到那个最炙热的地方去，走到着火的房子里去。"

∴

吴永熹：首先，你夏天写作吗？

弗兰岑：我夏天写作吗？哦，写啊。我是一个还在工作的人。

吴永熹：就像在一年中的其他时候一样吗？

弗兰岑：是的。但是你知道，我大部分时候都不在写作，因为我写得并不多。但如果我正在写一本书，不管是一年中的什么时候我都在写。而且我不喜欢夏天去度假，因为所有人都在夏天度假。

吴永熹：你在一篇文章里写到，十几岁的时候你常常和父母一起去佛罗里达一个借来的度假小屋过暑假。但你在那篇文章中说,那时候你更喜欢整天独自待在房间里看书,而不是和父母在一起。你就是在那个时候发现文学的吗?

弗兰岑:哦,那时候我看的主要是科幻小说。那几年我还看了很多托尔金的书,很多悬疑小说,还有很多科学类的书。那时候我对科学非常感兴趣。其实文学是在我上了大学以后才进入我的生活的,还是在大学的后半期。

吴永熹:是在大三、大四的时候?

弗兰岑:具体来说是在大学的最后一年,我突然意识到了为什么文学是一件值得追求的事。

吴永熹:你记得有哪一本书给你带来了这种顿悟吗?

弗兰岑:是卡夫卡的《审判》。但其实并不是因为那本书,而是因为那时教过我的一个教授。我在高中和大学上的文学课上没有学到什么东西,因为你所做的只是读一些书,写一篇论文,拿一个A,在我看来它就好像一个游戏。幸运的是,我的这位教授对我说,你现在不一定理解,但你要知道卡夫卡是一个真实的人,一个像你一样的人。他写作不是为了让你来学习,而是为了通过写作来理解他的生活,他写作是出于个人的理由。我之前从来没有这么想过——真实的人在自己的人生中挣扎,写作就是从这种挣扎中来的。这一点在卡夫卡身上更为明显，他有一篇很出色的小说就叫作《一种挣扎的描述》，这其实可以用来做他任何作品的标题。对于写作的这种新理解让我明白了为什么它是一件值得去做的事。

当作家的想法我其实很早就有了，但我想象自己要写的是我少年时代读的那种书。我觉得作家的人生会很棒。

吴永熹：你想写的是科幻小说？

弗兰岑：我最早的想法都带有科幻的影子，事实上我的第一本小说就带有一定的科幻和奇幻元素。虽然我很早就知道了写作应该来自个人，但我花了十五年时间才真正体会这一点，我才停止去写那种像是表演的书。相反，我开始写那种来自一个更私人的地方，被读者以一种更私人的方式阅读的书。

吴永熹：这种转变和你个人生活中的挣扎有很大关系吧？

弗兰岑：哦，是的。一种挣扎的描述。

吴永熹：在一篇关于写作的散文中，你谈到了和前妻的婚姻。对你的生活有一定了解的读者会知道你结婚很早，你的前妻也是一位作家，你们过着非常封闭的、刻苦的年轻作家的生活。那篇文章中有一句话很有趣，你说这段生活对你写作最重要的影响之一，是你在这段婚姻当中写的所有东西在技术上都是严格地"反自传性"的。为什么？是为了避免去触碰来自你私人生活的材料吗？——因为这是你和你的作家妻子共有拥有的材料？

弗兰岑：哦，这首先就要回到这个问题：为什么一个人要写小说，而不是写散文？作为作家，你首先要对读者负责。但在一段关系中，你有其他的责任，你要对另一个人负责。所以，使用来自那一段关系中的材料、用一种可辨认的方式去写它可能会对对方造成伤害。但小说的好处是，你可以虚构。

我写作中偶尔也用到了在我生活中真实发生过的事，尤其是在《纠正》中，但大多数时候我都会试着避开。原因之一是为了保护他人，但另外一个原因是真实的生活很少是有趣的。它很混乱。真实生活中的场景很少是好的小说场景。所以，所有东西都需要你从你的内部世界提取出来，以更经济、更生动、更具语言表现力的方式重新想象。小说是一个人造品，一个用来展现真相的人造品。如果你只是用一种非虚构的方式讲述一段经验，它往往不会那么好看，而且它可能会伤害他人。

吴永熹：这是否和你曾经说过的一个理论相关？你曾说你全部小说中的一大课题就是为你的材料找到越来越好的面具。

弗兰岑：是的，本质上这就是我在说的。有时候，为了写我自己的经历，我去虚构了一个女性角色。有时候，通过戴上属于一个完全不同的人的面具,我就能去做在写一个和我很像的人时做不到的事。

吴永熹:所以这样做不仅是为了私人的、心理上的理由,同时也是出于艺术和技术上的必要。

弗兰岑:我想是的。我的经验是,任何一个和我相似的人物都是最难写的人物,因为我住在我的身体里面,我看不清我自己。但当我戴上一个属于他人的面具时,我是在从外部思考我遇见过的人。当我去写一个女性角色时,我是在从外部去思考和想象这个角色。这就回到了你关于技术上的必要的问题,是的,我能够比看我自己更生动地看到这个女性角色,而生动性在小说中是很重要的。

吴永熹:你的个人挣扎很大一部分和你的父母有关,因为他们不是很赞成你写作。他们的认可对你来说有多重要?尤其是你母亲的。我知道相比父亲,你母亲的反对更加持久,也更加严厉。

弗兰岑:哦,他俩都很吓人(叹气)。我母亲有一套非常苛刻的道德观念,我父亲的道德标准也很高,我觉得他们这种无时无刻的审视让人难以忍受,所以从很小的时候我就会对他们隐瞒很多事情。我的一个哥哥和我父母的关系很糟糕,他和他们发生了很多矛盾，我不希望同样的事在我身上重演，所以撒谎、假装自己是另外一个人反而更容易一些。

我觉得有一对不那么鼓励自己从事艺术的父母对艺术家其实是好事。为什么是好事？就我的例子来说，我写得极其努力，就是为了向他们证明我选择当作家是正确的。而且我有这样一个想法——也许它是一个过时的想法——就是你总是要通过对抗你的父母来定义你这个人。这个想法在古代中国大概不很流行，在当下的美国也显得有些过时了，现在你常听到人们说他们的父母是他们最好的朋友，他们可以交流一切。但我那时候什么重要的事都不会和我父母说，什么都藏在自己心里，为了反抗他们对我的期望我发展出了一种人格。他们希望我努力学习——我确实努力学习了，但不够努力，因为我很懒（我现在还是很懒）。他们希望我找一份好工作，为社会做贡献，但我从来没找到一份好工作，我对社会也没有什么贡献。我只是一个说故事的人，我娱乐别人。

吴永熹：这和他们关于"为社会做贡献"的想法不一样。

弗兰岑：他们不是很复杂的人，他们的父母也都不是读书人，艺术追求对他们来说是很陌生的事，我知道他们不会理解。他们希望我结婚生子，有一栋好房子，送小孩上大学，为退休存钱——但我没有小孩，我离婚了。后来我总算买了一栋好房子，我觉得他们会很高兴知道就算我去当了作家，我还是住上了好房子。

这种冲突当然很糟糕。因为他们是我在这个世界上最爱的人，即便他们已经去世了，在很多方面他们仍然是对我最重要的人。它很糟糕还因为我需要对他们隐瞒一切，虽然我对他们有着无限的爱和同情。他们确实活着看到我有了一定的成功，这对我意义重大。但当我有了更大的成功时他们已经看不到了，这令人伤感，不是说那时候我还需要他们的认可，而是因为我觉得那会让他们快乐，他们会停止为我担心。

吴永熹：当然，你把这些都写进了小说。

弗兰岑：是的，这里一点那里一点，主要是在《纠正》里。在我的书里，父母和子女不会是最好的朋友，我写不了那种故事。

吴永熹：那样的关系似乎也不那么有趣。

弗兰岑：我觉得它不那么有趣，但它是更幸福的。

吴永熹：你觉得和谐的关系能成为很好的文学材料吗？你认为我们能够很好地书写幸福吗？

弗兰岑：好吧，我们都知道托尔斯泰不这么认为。我认为幸福的问题在于——就人们对它的理解而言——它是静态的，缺少变化的，你抵达了一种幸福的状态。但这不是我对于幸福的理解。幸福是做你来到这个世界上注定要做的事，幸福是你所从事的事业和你这个人的本性是一致的。我觉得我能为幸福的人画一幅画像，因为画像不用展现时间中的变化，但问题是写作必须要运动，你必须要知道接下来会发生什么。为什么童话作家总是会写"从此以后他们幸福地生活在了一起"？因为他不知道后面要说什么了。而写人们怎么坠入爱河是有趣的，因为它很危险，焦虑重重，我们想知道主人公能否找到幸福。但他们找到幸福以后，还有什么可说的呢？弗兰纳里·奥康纳曾说，作家总是很高兴世界上总是有贫穷，我想作家很高兴世界上总是有足够的麻烦和问题。读小说的人大概也是这么想的。

吴永熹：代际关系在你的小说中占据很大的重要性，但这种关系似乎又是通过地域关系来体现的。比如《纠正》中的三个孩子为了"纠正"父母的世界观和生活方式，都远离了家乡，逃离了中西部，在东海岸开始了新的生活，所以这种代际冲突又表现为两个世界间的冲突——东海岸和中西部的冲突。但问题在于，兰伯特家的三个孩子在东海岸试图重新界定自己的人生时，却只发现了混乱、困惑和幻灭。你觉得这种幻灭感是不可避免的吗？

弗兰岑：我觉得一个人是很难改变自己的。如果你特别努力,你也许能够改变一点点。这也许是一个在美国更常见的现象——人们常常会说我不会犯和我父母一样的错误,我会"纠正"这些错误。尤其是当他们自己成为父母的时候,他们会说,我会用更好的方式教育我的孩子。但人生的悲喜剧是,你可以用一种不一样的方式教育你的小孩,但这不代表一切都会如你所愿。

  我想对于兰伯特家的孩子来说,他们觉得父母对他们的道德规训是不可忍受的——要对你的邻居友善,服务社会,这个不能做、那个不能做的那一套。这对他们来说是重大的负担,所以他们全都逃走了,开始了他们想象中的更自由的生活。但就像你说的,这带来了混乱。不管他们的父母是多么不幸福,他们生活在一个可以理解的世界里,按一套既定的方式行事,美德就是它本身的回报。人们为了让自己下一代生活得更好而工作,信奉爱国主义价值观,所有这些传统的价值观念创造了一个有意义的世界,人们终其一生遵循这种价值观念生活,这种生活似乎是有意义的。而当你将这些都抛弃的时候,就像兰伯特家的孩子以各自不同的方式所做的——加里努力获得物质回报,奇普成了一个狂热地攻击资本主义和消费主义的激进学者,丹妮丝为自己的性取向而困扰——他们脚下的大地却融化了,他们每个人的人生都陷入了一种危机。当然,危机是作家喜欢的。

吴永熹：对每一个角色，你都会很详细地写到他们的职业。这是你在小说中将社会性与个人性联系起来的方式吗？

弗兰岑：不，不完全是。如果我是画一幅画，我会想在这里画一点红色，那里留一点空白，那里再画一个不同的颜色。在小说中，你不想三个人物都是建筑师。读者会说，又来了，又来了一个建筑师。你不想这样。但进一步说，为什么我会对人物的职业那么关注？部分是因为在那本小说中，三个人物在很大程度上都是被他们选择的职业所塑造的，这和他们是谁、和他们与父母的对抗有很大关系。而且，在写一个主要角色的时候，我希望能将他塑造得越立体越好。既然大多数人一天的大部分时间都是在工作中度过的，所以找到某种方式书写这种工作非常重要。我想这是主要的动机。我不想读到一个没有姓氏的人物，我不想读到一个人物时不知道他们是做什么工作的。

吴永熹：《纠正》的巨大成功对你来说是一个意外吗？

弗兰岑：哦，是的。是的。

吴永熹：你对这本书的期望是什么？

弗兰岑：老实说，写完它的时候我就知道它会获得很好的评价，我知道喜欢读文学小说的人会谈论它，我觉得我可能会赚到够我生活一段时间的钱,或许能支撑我再写一本小说。但我完全没想到它会变成一本畅销书,这是一个意外。另外一个与之相关的意外是我没有想到它会引起那么多读者的共鸣。因为这本书的一些地方让我觉得羞耻,我写的时候甚至都觉得难以忍受,我花了一整年的时间才克服了我对于一些角色的羞耻感。我觉得它的有些地方太扭曲了。我以为只有我一个人有那样的父母,我以为不会有别人对一家人能否在圣诞节团聚那么在意——我写了一本500页的书,书里最重大的问题是这一家人能否在圣诞时团聚!我觉得它太私人、太柔和了。我以为人们会很讨厌这些人物。确实有些人很讨厌这些人物,但更多的人很喜欢这些人物。不仅是喜欢,他们还从这些人物身上发现了他们自己。

吴永熹:《纠正》之后又隔了很多年你才出了新书《自由》,为什么这本书用了这么久?难点在哪?《纠正》的成功给你带来了很大压力吗?

弗兰岑:是的,这两本书之间隔了九年。我花了一年时间在世界各地宣传《纠正》,又花了两年时间去写《不适之地》,那是一本自传性散文集,之后我又用两年时间写了另外一本散文集。然后,人生中的第一次,我只是想花一年时间来休息,好好享受生活。我之前一直在拼命工作,一周七天,从不停歇。

我野心很大，部分原因是我太想向父母证明自己了。那时候哪怕是休息一天我都会觉得特别有罪恶感。但在写《纠正》的时候我和一个适合我的女人住在一起了，她和她的家人让我喜欢上了观鸟，我有了一件自己喜欢做的事。我突然可以对自己说：你知道吗，我这个月什么都不想做，我只想看看鸟。而且《纠正》对我的消耗太大了，我在那本书里投入了很多。而且，《纠正》那本书是我在三十岁晚期写的，我觉得我没办法再用同样的笔调去写一本书了。那本书有一种特质，哪怕我只是用和它有一点点相似的笔调去写，我都觉得自己无法写得和以前一样好了。

吴永熹：这种特质是什么？

弗兰岑：我觉得很难用一种容易理解的方式来解释……其中之一是书中的愤怒情绪。写那本书的时候我还是一个愤怒的人，当你愤怒的时候，你可以去写讽刺故事。但这种写法变得困难了，因为我对人没办法像从前一样尖刻了。我没法对别人尖刻是因为我突然变得成功了。那种讽刺性的、好笑的故事我没办法再去写了。那些年我在语调上做了许多实验，我不断去写散文就是因为这本新书写得不顺利。

吴永熹：《自由》在中国非常流行，许多读者对你作为一个美国作家对于"自由"的解读非常感兴趣。"自由"在美国社会是一个非常重要的概念，不管是在政治领域还是私人生活领域，但你似乎在小说中提醒人们去重新思考"自由"的含义。小说中暗示，过多的自由也可以损害我们，自由不等于人生的意义；它不是静态的、被赋予的，而是动态的，需要你去争取的。

弗兰岑：哦，我不想用简单的语言来总结一本书的内涵是什么。但我会把政治自由和个人自由区分开来。政治自由——例如和其他人结社的自由，发表个人观点的自由——是重要的，但人们谈到自由时，有时候他们所说的是政治自由，有时候说的是个人自由。人们常犯的一个错误是，他们常常想象如果没有任何外部关系，如果没有责任，如果脱离了某段婚姻或是父母的束缚，人生会很好，但这和真正的自由差得很远。不仅是《自由》里的帕蒂，《纠正》中的三兄妹都得到了他们想要的自由，但他们的人生却变得一团糟。我觉得问题不在于要不要自由，而在于人们对于自由的理解。

吴永熹：你在一篇文章中说，为了去写你想写的那种小说，你必须首先成为那个可以去写这种小说的人——怎么理解这句话？

弗兰岑：这取决于你想写的是什么，我写的东西我想不可避免是需要经历一些挣扎的。比如在写一个主要角色的时候，我的问题是如果我不爱这个角色我就没办法写好他。但有时候一个角色会让我觉得很讨厌。比如，在《自由》中，有一个主要角色是一个年轻的共和党支持者，他做什么事都成功了，一开始我对这个小孩憎恶至极。但我知道他是小说中的主角之一。我是怎么知道的？这是直觉，但我知道他就是。这个人物非常难写，我思考了很久，思考我怎样才能去想象一个我能够去爱的共和党支持者的世界。这时候你几乎是在对自己做心理分析，你要想为什么你会这么讨厌这个角色，作为一个民主党支持者去爱一个共和党支持者是否可能。这些都不是容易回答的问题，有时候要花几个星期、几个月，甚至整年的时间来思考。但你最终会重出水面，如果你幸运的话——我们又谈到"幸运"这个词了——你会发现你拥有了从前没有的能力，作为一个作家，同时也作为一个人。

我在我的非虚构作品中也会这么做。老实说，有一段时间我对中国对环境的破坏很愤怒，这一点我在《更远的地方》那本书里写到了。每次打开报纸我都会有同样的愤怒，我会想，我讨厌中国，这是一个很大的国家，但是没关系，我讨厌它。所以我去了中国。我知道我需要和那里的人交谈，因为我不讨厌人，我喜欢人。所以我去了那里，那次旅行部分原因是为了写一篇文章，部分原因是为了释放这种愤怒。我不知道它会不会让我成为一个更好的人，但它让我晚上更容易睡着了。

吴永熹：你是说，为了释放这种愤怒情绪，你必须首先努力去理解它。

弗兰岑：你知道，如果一栋房子着火了，大部分人的反应是赶快跑开。但作家的职责有点像救火员，他的工作是向那栋着火的房子跑过去，这是他的工作。普通人不愿面对这些困难的问题，但理想的情况下，作家应该走进这栋房子，也许抢救出一些有价值的东西。

吴永熹：所以你会在小说中加入对社会议题的讨论。

弗兰岑：是的。我是在开始写作二十年后才明白了作家的责任是什么，作家的责任是走到那个最炙热的地方去，走到着火的房子里去，走到人们不愿去的地方去。人们不愿意去是因为他们没有这种训练。但作家的训练就是这个，他的训练就是走到最炙热的地方去。有些地方是私人领域，有些则是政治和公共领域。有些是让人们感到尴尬和羞耻的事，有些是人们不愿谈论的事。在《自由》里是全球人口膨胀的问题，在美国没有人愿意谈论这个问题——当然在中国几十年来这是一个虚假的问题——但在这里，没有人愿意谈论它。所以我就想，没有人愿意写，我最好去写吧。

在小说里我写到了这样一些政治议题，但更多时候，我写的是普通的男人和女人的故事。假如说你是一个持自由思想的男性，你尊重女权主义，你怎么和一个女性相处？如果你一直持这样的想法——因为我是男人，我拥有这么多优势，所以我压迫了所有女性——你怎样将这种意识带到你和女性的关系当中？这个问题人们也不愿去想。他们喜欢想象……我不知道他们喜欢想象什么，这是一个大问题，但人们不愿去想。我不写种族问题，在美国这是一个大问题，我不写它部分是因为已经有很多人在写它了，部分是因为我不一定有足够的经验去写它。我觉得如果我有一个非裔的妻子我也许会敢去写它，但是我没有。

吴永熹：你因此也成了一个争议人物。

弗兰岑：当然。当你去谈论人们不愿谈论的事物时，有些人会因此讨厌你。

吴永熹：你怎么应对这一点？

弗兰岑：我不去理它。我会通过二手渠道听到一些事，但我不去读它，它只会让我生气。

吴永熹：现在让你来看，在你所有书中，最让你骄傲的是哪一本？

弗兰岑：我必须说是最新的一本，这本书叫《普瑞蒂》(*Purity*)。

在写一本新书的时候，我必须要想我还没有做到足够好，这一次我要写得更好，所以我一定会说是我的新书。要是我没有创造出新东西，我就会停止写作了。

吴永熹：你现在在读谁的书？

弗兰岑：我在读的一些美国作家你可能没有听说过。但最近最令我激动的作家是意大利女作家埃莱娜·费兰特，去年冬天我读了很多她的书，我觉得她非常了不起。

吴永熹：她最了不起的地方是什么？

弗兰岑：她的"那不勒斯四部曲"，从《才华横溢的朋友》开始。读了她我就知道她是一个真正的大作家，她给了我一种读其他所有大作家同样的感觉——一个全新的世界在我的眼前打开了。在她的小说中，这个"世界"是友谊，没有人对友谊的探索有她那么好。

大卫·米切尔

作家永远要保持『杂食性』思考

2012年8月,英国作家大卫·米切尔来到中国,宣传他的小说中译本。当时,由米切尔小说《云图》改编的电影已完成制作,还有不到一个月就要全球公映,导演是大名鼎鼎的沃卓斯基姐弟和汤姆·提克威,其国际化的卡司里还包括了中国的影后周迅。米切尔访华可谓正当其时,而他也受到了中国读者极为热烈的欢迎。出版社为米切尔的中国行做好了准备,那时他的小说除了前两年已在中国推出的《幽灵代笔》和《云图》,还有《绿野黑天鹅》和《雅各布·德佐特的千秋》在作家来访时一并上市。

在北京,我有幸为当时供职的《新京报》对米切尔做了一次一对一访谈。部门派我去,是因为我有过在美国留学的背景,可以用英语完成采访,这在十年前的当时还不那么常见。能够采访一位年轻有为的国际作家对我当然是一个令人兴奋的机会。

我很早就是《巴黎评论·作家访谈录》的忠实读者,如今能有机会循着同样的脉络工作(虽然我得到的时间比《巴黎评论》的作者们普遍要少得多),当然要好好把握。

和米切尔的访谈是我做过的第一篇"作家访谈"。如果没有记错,见面的地址是在北京东城区一栋老式小楼的会议室里(但我已经记不清小楼的具体用途了)。必须说我当时是有些紧张的,不仅是因为当时的我实属新人,我想还因为访谈这件事本身就包含着某种紧张关系:轻微的立场的错位,可能走上无数岔路的未知,在有限时间内实现一场结构完整的谈话的挑战。而一场成功的访谈当然是采访者与受访者共同努力的结果——它既要求好的问题,也要求好的应答,并且这种状况能够持续。这就要求本质上是陌生人的两个人必须彼此信任,以及更重要的是,彼此激发。

我被出版社工作人员引进当天采访的会议室,大卫·米切尔已经在长桌顶头靠窗的位置上坐着了。我做了自我介绍,报出了自己代表的媒体。我们坐下后开始寒暄了一会儿。我记得那天大卫·米切尔穿着一件灰蓝色的衬衫和休闲夹克(后来我查看了文章发表后的照片证实了自己的记忆），看起来很放松，这让我也顿时放松了很多。米切尔那时候大约四十岁出头，身材和脸颊都很清瘦，看上去年轻俊朗。我知道他有轻微的口吃，他在不同的场合都谈过这一点，还在半自传体小说《绿野黑天鹅》中据此塑造了主人公形象。也许是因为这个原因，他说话的语速很慢，显得深思熟虑。后来的事实证明，这次访谈的结果还是相当成功的。对当时的我来说，成功的标准是一个小时的时间里没有冷场，而我用我认为是合适的方式提问了所有我认为重要的问题并得到了有效的回答。当然，采访后米切尔本人的认可和文章发表后收到的正面反馈也让我深受鼓舞。访谈结束后，米切尔还给我留下了他的邮箱，虽然因为我的轻微社恐，我并没有和他保持联系。我只是知道，只要有机会，我还会将"作家访谈"这个我喜爱的工作继续下去。

∴

吴永熹：在与中国作家徐则臣的对谈中，你说过，小说有五元素：情节、人物、主题、形式和结构。你说前四种已经难有创新，而结构却仍有不少创新的空间。这是你喜欢在小说设置复杂结构的原因吗？

米切尔：对于情节和人物来说，好像是这样，好像又不是。

你很难做很戏剧化的、很激进的创新,或者说作家很难去"发明"(invent)些什么。我想我的意思是,你很难去发明什么。当然,世界在改变,作家要对这些改变做出回应,你仍然可以找到创新点。几十年前,互联网并不存在,你不可能去写一本关于互联网的小说。现在,我们有了互联网,你就可以去写一本相关的小说了。从某种意义上说,这是创新,而不是发明,它是对变化的一种回应。但对于结构来说,还是有"发明"的空间。

吴永熹:似乎对于一个新作者来说,当你开始写小说的时候,你总会有一种冲动要去"发明"些什么,去写别人没写过的那种小说,好像你的前两本小说也是这样。但你的第四本小说《绿野黑天鹅》就显得比较传统了,它是一个半自传体的故事,读起来倒像是别人的第一本小说。为什么会有这样的一种写作轨迹呢?

米切尔:对我来说这好像是一种很有逻辑的发展。我的前三本书——其中第二本还没有被翻译成中文——都是很新颖、很"炫"的,也许是很"创新"。我觉得我已经向我自己证明了,如果我想的话,我可以成为"新颖"先生,或者"创新"先生,或者"后现代"先生,我可以成为这样的小说家。尤其是通过《云图》,我证明了这一点,或者说我向我自己证明了这一点。所以这件事我做过了,下一步是什么? 我不想自我重复,一直写同样的小说。

我的《雅各布·德佐特的千秋》是一本历史小说，对我来说这也是一个新的领域。因为我一开始就是写那种新颖的、奇怪的小说，一旦我写过了这样的小说，对我来说新颖、奇怪的反倒是像《绿野黑天鹅》这样比较传统的小说了。它成了我的新前沿，是我没有做过的事情。但是在很多方面，它看起来确实像是一本小说处女作。我希望它比很多人的处女作要好，因为在此之前我已经用三本书教会我自己怎么写小说了。

吴永熹：不少人将你与保罗·奥斯特和村上春树做比较，你认同这种比较吗？你的写作是否受过他们的影响？

米切尔：我试着不去想这些。我是否受过他们的影响？嗯……我不觉得。我想"影响"的意思是，你读了什么，它让你很佩服，然后你想去模仿它。保罗·奥斯特和村上春树都是很好的作家，他们写出了非常漂亮的作品，他们的作品位于最好的之列。我想当我读到任何东西——那些让我觉得"哦那很聪明，你怎么做到的，让我想想""哦那很漂亮"的东西时——我就会去思考它，然后或许会去使用它或是改一改再把它放在自己的小说里面，这种情况经常发生。但我想这不是你的问题是吗？我想你的问题是我最喜欢的作家是谁？

吴永熹：哦，那也是我的问题之一。

米切尔：我的神是俄国作家安东·契诃夫。他真是无比伟大。我爱极了他的小说，我会一遍又一遍地去读它们。是的，俄国作家确实很伟大，我不愿意承认这一点，但俄国人真的是很好的作家。还有布尔加科夫，我不知道他是否被介绍到了中国。他不是很有名，但他写过一本完美的小说叫作《大师与玛格丽特》。我现在还经常想着那本小说。在这本书中，有两个完全不同的叙事——20世纪30年代的俄国，和1世纪的巴基斯坦，两个完全不同的世界，但是融合得那么好。书中有很多幻想的成分，但它不是孩子气的，而是美妙的。这是我喜欢它的原因。还有狄更斯，我一直喜欢狄更斯，他写过一些垃圾，但大多数都非常好。几乎所有人都会写一些垃圾，这是正常的。嗯……所有人都会写垃圾，但如果他们幸运的话，这些东西不会被发表。我要说，写作者不应该在太年轻、太早的时候发表作品。我想如果你在二十一岁、二十二岁的时候就发表了作品，在当时你会感觉良好，在后来它会带来问题。

吴永熹：《幽灵代笔》是你的第一本小说，你似乎在试验不同的形式，不同的叙事，但是结果似乎不是很平均。就我个人的阅读感受而言，其中有一些非常出色的故事和章节，但也有些章节读起来似乎缺乏深度。

米切尔：对我放松一点要求。我写那本书的时候才二十六七岁，在你看来不算小了，但就一个作家的生命来说，其实还是一个婴儿。对于其他形式的艺术家来说，毁掉少作要容易得多。如果你是一个画家，只要拿起一把刀子，作品就没有了。但对作家来说，当你的作品被印刷出来，发表了，流传了，它就成了你永远都不能改变的东西。但你会成长。如果你一开始就不犯错误，你就不能超越错误。而且你的错误是你的老师。只不过不幸的是，身为作家，它们是非常"公开"的老师，你不能改变它们，所有人都知道它们。

与此同时，我确实不能为它们感到遗憾。在我二十七岁的时候，它确实是我可能写出的最好的书了……现在我四十二岁了，我可以写得更好：感谢上帝！我都不敢读我从前的作品的英文版，我会想，天哪，看看那些文字！那么地自我，那么多比喻！每页纸上都有一个比喻……你为什么要用五个比喻、十个比喻？那么多的"好像""就像"……你就直接说那个东西是什么好了，为什么要用比喻？但是，如果我没有那么做过，我是不会知道这一点的。我很高兴我的早期作品要比后期作品更不平均。如果是相反，如果我的早期作品是更好的，我就会担心，就会沮丧。幸运的是，对于作家来说，如果你保持思考，保持"杂食性"地思考——这是我最喜欢的词——如果你可以"杂食性"地思考，那么你就会不断地成长和进步。

吴永熹：评论家好像很喜欢那本书，他们对年轻的大卫·米切尔倒是非常欣赏和包容的。你从评论家那里学到过什么吗？

米切尔：只有百分之三的评论家会深入地思考你的书，并且爱文学胜过爱他们自己，经过深思熟虑后才去写作。当我读他们的文章时，我会觉得他们是温和的导师，他们想帮助我。但是这些人的数量并不多，事实上，不是百分之三，而是整个世界上只有三个人。至于剩下的，你最好都不要去读，包括正面评论和负面评论。他们是平静心灵的野餐会上的黄蜂——这是他们的角色。如果你想写作，他们会在旁边嗡嗡，你最好是好的坏的都不听。而那些写坏评论的人更像是平静心灵的野餐会上的狙击手，他们开枪打你。但是就算是那些写你好的评论家也会妨碍你集中注意力，而且你也不能听信他们——所以你必须忽视坏评论、怀疑好评论，这就是我和评论家的关系。

吴永熹：但很多时候读者很容易受评论影响。你和读者的关系是怎样的？你觉得读者会帮助你成为更好的作家吗？

米切尔：如果他们从来没有听说过你，那么他们是比较容易受评论影响，但如果他们已经读过你的作品了，那么读者和作家的关系就变得更直接，就不再需要评论的裁判所来当中介。如果你可以连续写五六本书并生存下去，那么你会建立一个读者群，他们会去买你的书，而不会去等报纸书评出来。我想互联网、社交网络也让这个关系变得更直接，在这个意义上，它们是好的力量。至于我和读者的关系，他们养活我，我想这会让我变成一个更好的作家。事实上，我也不太考虑这个事情，我只是很高兴我有这些读者。当我偶尔从我在爱尔兰海边小镇那个僻静的洞穴出来，当我在文学节、读书会上见到他们的时候，我喜欢从他们身上汲取能量——就像两天前在三联书店时那样。我确实没有料到当天会有那么多人去，我不知道在中国有没有人听说过我，但那天在地板上都坐满了人。倒不是说我为自己感到高兴，我是为我的书感到高兴，我很高兴我的孩子们找到了好朋友，这就是我和读者的关系。同样地，就像你和评论家的关系一样，你最好不要经常去想它，不然你会开始为读者写作。然后你会碰到这个问题：哪些读者？一个北京的二十二岁的学生，还是犹他州盐湖城的一个极端主义的摩门教徒？事实上，我是为我和我妻子写作，如果我妻子喜欢我的书，那就可以了。

吴永熹：我喜欢读作家谈写作的文章。我想马尔克斯和雷蒙德·卡佛都说过，推动他们去写一个故事的往往是一个形象。对你来说，什么是促使你去写一本小说的动因？

米切尔：一本特定的书，还是笼统地说？

吴永熹：哪个问题你更愿意回答？

米切尔：这两个问题的答案是不同的，那我两个问题都回答吧。总的来说，我写作是因为如果不写，我会不快乐。非常简单。然后你又会说，为什么我写了这本书，而不是那本书？这取决于我碰到怎样的种子。有时候它是一个形象，但也有其他的种子，有时候是一次相遇，一次会面，也可以是一个句子。这儿有一个好句子，"死者在假期的生活"。这不是一个很好的句子吗？

吴永熹：是呀，你会把它变成一个什么样的故事呢？

米切尔：正是！它可以怎么成长？它可以是关于还没有出生的死者的哀痛吗？它可以是关于吸血鬼、葬礼吗？它可以是关于一个死了女儿的人吗？他需要承受从前从没有承受过的悲痛。它可以有很多的方向。它是一个非常有生命力的种子，有很多可能性。是的，对我来说写作的起因有时候是形象，但并不总是。

吴永熹：我的下一个问题就是关于你创作小说的过程的，人们通常觉得这个过程很神秘。

米切尔：很简单，你有了一个种子，决定写它。你决定写它是因为你无时无刻不在想着它。然后你需要一个世界，你需要时间、地点、人物。人物是非常重要的，你需要创造一个人物形象，他可能是你认识的某个人，可能是一个像弗兰肯斯坦一样的魔鬼，他可能融合你从这个人身上提取出的某种素质，和那个人的脸，以及另外一个人的某段历史——你应该让他成为一个复合型的人。然后你需要把这个人送上一段旅程，它可能是一段物理上的旅程，也可能是一段心理上的旅程。他们必须有什么不对劲，必须要有某些性格上的缺陷给他们带来痛苦。他们需要处于痛苦当中——这是小说的来源。他们需要"需要"什么东西，需要有让他们无法得到这些东西的障碍；也许他们得到了他们需要的东西，但最后发现这不是他们想要的。就像许多个世纪之前亚里士多德说的，戏剧来自冲突，所以需要有障碍。如果这个障碍是另外一个人，那么将会有争吵、冲突。所以，这就是从事我们这个行当用到的工具，这就是你创造一个故事的方法。也许它会变得很复杂，也许它会拥有不同的视角，也许它会有很长的时间跨度，也许它只是很长。（笑）

吴永熹：我记得你在一个访谈中说你希望以后远离复杂性，因为小说是关于人，关于"人生的混沌"的。

米切尔：是的，我确实说过我希望远离复杂性，但是我经常做不到。小说是关于人的，难道不是吗？最好的小说让你关心一个人，你担心在他们身上会发生坏事情，然后你不断地读下去，希望这些坏事情不会发生。有时候一本书变得很复杂是因为我希望把太多的东西放进去了，它必须要有一个复杂的结构，才不会变得无聊。但在小说的骨架里面，仍然是跳动着的人的心灵。你必须记住这一点，不然你的作品就会变得生硬、变得毫无生命力。

吴永熹：很多作家谈到，在他们的写作生涯中有过一些顿悟。比如卡佛说过，在写完《大教堂》以后，他作为小说家才真正成熟了。你有过这样的顿悟吗？

米切尔：在此"顿悟"有两个含义，一个是关于你的作品的顿悟，一个是关于人生、关于宇宙的顿悟。你指哪一个意思呢？

吴永熹：两个都是。

米切尔：是啊，上帝啊，它们无处不在！而且它们是好东西。往往是在你回头去看你从前的作品的时候，你会得到这些顿悟。你会想，天哪，那真是太糟糕了——这是一个顿悟。因为你现在知道为什么它很糟糕，那意味着你以后不会犯同样的错误，那意味着比起你有这个顿悟以前你是一个更好的作家了。感谢！——越多这样的顿悟越好。当你意识到形容词不是你的朋友，当你明白一页纸一个比喻足够了，当你决定至多五页纸一个感叹号的时候——这些是极好的顿悟。而关于人生的顿悟？我想是同样的道理。而且不光是对于作家，对于所有人都是这样的，比如当你意识到友善比正确更重要的时候。比如，如果你的妻子很爱一部电影，而你觉得那是一部很糟糕的电影，不要和她争论，就说，我很高兴你喜欢这部电影，我没你这么强烈的感觉，但我很高兴你喜欢它。在我二十二岁的时候，我肯定要为此大肆争论一番，我必须证明我是对的，证明这部电影是垃圾。但我们在生活中得到了学习和成长，如果我们幸运地远离了灾祸活下去，我们需要尽可能多的这种顿悟，它们会让生活变得更加丰富，更加快乐。它们是我们的朋友。

理查德·福特

小说家就是
带着同情去写重要的事

Richard
Ford

去理查德·福特家的旅程略为辗转。从纽约坐飞机到缅因州首府波特兰市仅需一小时,但从波特兰机场到福特家附近的小镇却有一个半小时车程。好在新英格兰风光秀美,车窗外是绵延无尽的松林、有水鸟的小湖,还有每隔几分钟便会现身的白色海湾。缅因州素为美国东部的夏季避暑胜地,我们到来时正是这里的旅游旺季,到处可见携家带口、晒得橙红的美国游客。

理查德·福特是二十年前搬到缅因州的。不过,吸引福特来到缅因的却不是当地凉爽的夏季,而是它漫长寒冷的冬天。作为出生在密西西比州的南方土著,福特说他喜欢在寒冷的地方生活，并且想要住在海边。不过，福特并没有一开始就说服妻子克里斯蒂娜，那时她在南部的新奥尔良市担任市政规划委员会负责人。福特和克里斯蒂娜是密歇根州立大学的同学，二十岁那年步入婚姻，如今已经共同度过了五十五年。两人没有孩子，这被福特视为他人生中最正确的决定之一。熟悉福特的读者都知道，他的每一本书都是题献给克里斯蒂娜的。他对我说，他的一生只做了两件事：一件是写书，另一件是一直和妻子在一起。

婚姻是福特小说中的一个重要主题。"我从小就在观察婚姻，"福特说。他的父母亲是20世纪40年代美国南方少数晚婚的夫妇，福特是他们唯一的孩子。和福特本人的婚姻一样，他父母的婚姻也十分幸福，直到福特十六岁时父亲突发心脏病死在了他的怀里，这幸福戛然而止。这件事对福特产生了巨大的冲击，让他对不幸和失去有了更深的体悟。他的第一本短篇小说集《石泉城》里就充斥着孤独、失败、迷茫的飘零人，被一种深刻的丧失感所笼罩。在评价这本小说集时，雷蒙德·卡佛说："在这个国家仍在写作的作家中，理查德是最棒的。"

卡佛对福特毫无保留的夸赞，或许与两人的私交不无关系。两人在70年代末结识，很快就因为志趣相投成为至交好友。80年代初，他们一同被《格兰塔》杂志推举为"肮脏现实主义作家"。这一流派中的其他作家和包括托拜厄斯·沃尔夫、鲍比·安·梅森、简恩·安·菲利普斯、弗雷德里克·巴塞尔姆、伊丽莎白·塔伦特,其中,卡佛的年纪最大,当然也被视为这一流派的领军人物(虽然这些作家本人并不认同这种定义)。不管是否受过卡佛影响,《石泉城》作为一部处女作小说集所展现出的才华和掌控力是惊人的。其中,包括《石泉城》《大瀑布》《帝国》《共产党人》等篇目早已成为美国当代短篇小说的经典作品。如果反过来思考,卡佛晚期小说所呈现的向长篇幅、精致化和形而上的转变,除了众所周知的刻意摆脱"编辑控制"的因素之外,是否也受到了崛起中的福特的影响呢?不管怎样,谈及当年与卡佛的友谊和卡佛因酗酒而早逝的生命,福特的语调中充满怀念和沉痛。他自谦自己的成名是因为卡佛去世得太早了,而他作为卡佛最好的朋友取代了后者留下的位置。"这就是那种关于明星的故事,有一天明星生病了,他的替身跑过来取代了他的位置,成了明星。"

不可否认,美国文学中很难找到像卡佛这样的明星了。又或者说,在世界上的任何国家,属于文学明星的时代都早已过去。从80年代中后期起,福特的写作开始偏离"肮脏现实主义"时期,在题材与形式上都开始变得多样,并转向以长篇为主。他的"弗兰克·巴斯科姆"系列小说写的是一个由体育记者转型的房地产经纪人。他幽默、犀利、愤怒,对美国的社会文化生活有着独特深刻的观察。在2002年出版的小说集《千百种罪》

中，福特探讨了在婚姻与道德夹缝中的中产阶级男女的生活，故事始终在微妙幽暗的灰色地带开展。

福特喜欢自己的写作风格与题材呈多样化、难以被定义这一点。他说正因如此，在"肮脏现实主义"被发明的四十年后，人们想起他时会想到他是一个写书的人，而不是一个试图追随某种模版或特定题材的人。而他的工作，是带着同情心去写那些他"觉得重要的事"。

❧

吴永熹：福特先生，你是什么时候搬到缅因州的呢？

理查德·福特：我是1999年搬到缅因的，也就是二十年前。

吴永熹：是什么让你搬到缅因的呢？是什么吸引了你？和写作有关吗？

理查德·福特：哦，你知道，我一生中只做了两件事：我一直和我妻子在一起；我写书。不可避免地，我的所有决定都与这两件事有关。那时候我想搬到海边生活，而且我喜欢寒冷的地方。缅因州这里经常很冷。我想让我妻子搬过来和我一起生活，但是她当时不想离开新奥尔良，她在那里有一份很棒的工作。所以我自己来了这里，买下了这栋房子。我觉得这样她就会辞掉工作搬过来了。但她是五年后才搬过来的。

吴永熹：在那五年间你大部分时间都是一个人住在这里的？

理查德·福特：是的。但我一有机会就会去新奥尔良，我妻子也一有机会就来看我。我们并没有分开，我们只是不住在一个城市。我认为如果你想要维持一份五十五年的婚姻，你就必须这么做。我的意思是，你不能变成对方的狱卒。她不是我的狱卒，我也不是她的狱卒。所以我们现在还在一起。这是我对年轻夫妇的建议：不要成为对方的狱卒。

吴永熹：你的小说里也经常写到婚姻，这是一个你一直都感兴趣的主题吗？

理查德·福特：也许是的。成功的婚姻，失败的婚姻，成败参半的婚姻。是的，我确实经常写婚姻。我的父母彼此非常相爱，我是他们唯一的孩子。我对婚姻有很多观察，因为我的父母比20世纪40年代典型的父母年长很多，我又是他们唯一的孩子。我用我父母的婚姻作为范例。而且我认为婚姻是一切道德生活的实验室。婚姻中的一切困难、荣耀、缺陷、失败、成功都是每个人日常生活中的缺陷、失败、荣耀和成功。它们不该被忽视，因为婚姻就是两个人非常努力地在做一件非常困难的事：共同生活。

吴永熹：和你本人的婚姻一样，你父母的婚姻也可以说是非常成功的。他们的关系非常亲密，你在《在他们之间》这本回忆录里写到了。但在你最早的小说集《石泉城》里，你写了许多不快乐的婚姻。

理查德·福特：这一点你只需要看看四周。小说家或者短篇小说家是什么样的人呢？他们是注意到事情、带着同情心注意到事情的人。我本人还有我父母的婚姻碰巧是幸福的，但我岳父母的婚姻是非常不幸福的。你不需要太多的想象力就可以想象你本人的生活之外的世界。这是我的工作。我的工作，就是带着同情心去写那些我觉得重要的事。

吴永熹：《石泉城》是你的第一本短篇小说集，它也奠定了你作为短篇小说大师的地位。就主题而言，你在书中写了很多孤独、失意的漂泊之人，他们常常处于失败的感情关系当中。吸引你去写这些故事的是什么？

理查德·福特：虽然有自我重复的危险，但我还是会说，看看你的四周。那些就是美国故事。人们经常流动。人们感到居无定所。人们经常换工作，赚不到足够的钱。这就是为什么我们会有这么糟糕的一个人——唐纳德·特朗普——来当我们的总统，因为这个国家的许多人都觉得他们不被代表，沦为边缘,对未来失去了希望。我知道在中国也是一样的,你们也有这些。

你的观察是对的。我在寻找的是具有重要性的主题。这些人可能不是文学的常见主题,但我想要通过一些方式让他们成为文学主题——工人阶级的生活,那些你所描述的人的生活。我的目标是写出对美国读者足够好的文学。如果我实现了这一点,那么它对于中国读者、对于拉脱维亚读者、对于赞比亚读者都会是足够好的。因为我们都是一样的人。

吴永熹:在写这本书的时候,你住在蒙大拿州,对吗?

理查德·福特:是的。

吴永熹:那些故事和你住在蒙大拿这一点有关系吗?我知道你在美国许多不同的地方住过,你的书里也写过许多不同的地方和不同的人物。

理查德·福特:这个问题非常复杂,我会尽量不要答得太过愚蠢地复杂。当时我妻子克里斯蒂娜和我住在蒙大拿州的西部,我在写一本叫作《体育记者》的小说。时不时地,大概有四到五个礼拜,我会停止写这本书,因为我对它感到厌烦了。于是我想,我应该去写一些短篇小说。我看了看四周,心想,既然我现在在蒙大拿,我应该写一些发生在蒙大拿的故事。不是说我注定要去写关于蒙大拿的故事,只是我当时刚好在那里。

但是,要更具体地回答你的问题的话,如果当时克里斯蒂娜和我是住在堪萨斯或是南加州的话,我可能就会将故事设定在堪萨斯或是南加州了。对我来说,地点并不是故事的起点。它是人物活动的背景,作用是让前景中的人物显得可信。但它并不创造人物,也不创造戏剧。

吴永熹:那么,通常你是先去构思人物和故事吗?

理查德·福特:我觉得我最开始去想的不如说是一个句子。"我母亲曾经有一个男朋友叫格伦·巴克斯特",这是《石泉城》里一篇叫《共产党人》的小说的开头。如果我写下了这句话,就需要有人去说这句话,它需要在某个地方发生,需要有一个母亲、一个作为叙事者的小孩还有一个男友。对我来说,与其说是先有人物,或是先有背景,或是先有故事,不如说先有一句话。

吴永熹:但是这句话必须具备某种特质,它必须要激发你的想象力。

理查德·福特:它必须要让我能够写出下一句话。那么下一句话就是:谁是这个母亲?这个男朋友是从哪里来的?发生了什么,这个小男孩要讲这个故事?当我需要去回答这些问题的时候，它们就变成了小说的血肉。

吴永熹：这句话需要是小说的第一句话吗，还是可以是小说里的任意一句话？

理查德·福特：这是一个好问题。冒着听起来很愚蠢的风险……我想小说必须要有第一句话。如果没有第一句话，我就不会有这篇小说。有了第一句话，我就可以想象整个故事，故事的整个走向。第一句话对我来说就是一切，所以我会想尽办法拖延去写第一句话，直到我完全沉浸在了整个故事的材料中后才会去写。然后我就可以去写第二句话、第三句话、第四句话了。我写的不是段落。我选择词语，用它们来写句子。

吴永熹：我想谈谈"肮脏现实主义"，在80年代，这是人们常常用在你身上的一个标签。

理查德·福特：那时我还是个小孩。

吴永熹：你喜欢这个标签吗？你觉得它是个合适的标签吗？

理查德·福特：我对此是没有意见的。只要它让任何人去读了我的小说，我就很开心。我的朋友雷蒙德·卡佛、托拜厄斯·沃尔夫和我都是这件叫作"肮脏现实主义"的愚蠢的事情的一部分，但我们不在乎。我们很开心它让人们去读我们的小说了。我们过去常常开玩笑，因为我们都不觉得我们的小说有什么特别"肮脏"的地方。没人做了什么"肮脏"的事情。有时候人物会说一些脏话，但也就是这样了。不过，"肮脏现实主义"的神奇之处就在于，在四十年之后，还会有从中国来的人和我谈起它。它其实不过是《格兰塔》杂志当时的主编比尔·布福德（Bill Buford）突发奇想的构思，用来将一些本来很难组合在一起的作家组合在一起。但它从此就留下来了，并且一直存活至今。但是你知道吗，谁在乎呢？

吴永熹：除了不在乎，你似乎也没有被它所定义。

理查德·福特：我不会被它定义，因为它完全是一个从外部加到我身上的东西。有时候你会想，那些印象派画家知道他们是印象派吗？或者"垮掉的一代"知道他们是"垮掉的一代"吗？我不知道。也许他们也不知道。杰克·凯鲁亚克和他的朋友们也许在嘲笑这个词吧。

吴永熹：不过有时候，批评家也好，文学杂志编辑也好，是会对作家产生影响的。有时候作家会受到这些人的意见左右。

理查德·福特：有时候他们确实会，虽然是非常盲目的。在"肮脏现实主义"被发明的四十年后，人们想起我时会想到我是一个写书的人，而不是一个试图追随某种模板或特定题材的人。这一点是很幸运的。我总是在从不同的地方寻找题材。我不认为我能很好地沿着一条为我事先划定的道路走下去。

吴永熹：在雷蒙德·卡佛生前，你和他是好朋友。

理查德·福特：他是我最好的朋友。

吴永熹：你们在一起的时候会谈论写作吗？

理查德·福特：卡佛在出版第二本书《当我们谈论爱情时我们在谈论什么》的时候给我看了手稿，他让我给他提意见，我提了。我当时写的短篇小说也会给他看，他也会给这些小说提意见。但我们不是像在大学里上课一样谈文学，而是说，你读了这个吗？我们会说，我喜欢这个，或是我喜欢那一点。但大多数时候，我们就是在一起笑。大多数时候我们是一起钓鱼，开玩笑，做男孩做的事，虽然我们已经不再是男孩子了。我们会去猎鹅，钓鳟鱼，享受很棒的晚餐时光，一起欢笑。

吴永熹：你们那时候住在同一个城市吗？

理查德·福特：他那时候住在离西雅图不远的地方。他在纽约州的雪城也住了一段时间。

吴永熹：这两个地方离得很远。

理查德·福特：是的。他住在雪城的时候，我住在新泽西的普林斯顿，离雪城不算远。后来，在他生命中的最后一段时间，他住在华盛顿州的海边的时候，我住在蒙大拿州的密苏拉，离他五百英里。但对于美国的司机来说，五百英里算什么？我想对中国人也一样。

吴永熹：你们会想办法见面。

理查德·福特：我们让它发生了，这是一件非常美妙的事。那是我生命中一段美妙的时光。我现在还会每天想念他。

吴永熹：这是一段对你意义重大的友谊。

理查德·福特：是的。这段友谊对我来说意义重大，因为他对我那么好，那么慷慨。虽然我们的友谊只持续了十一年，因为雷在五十岁的时候就去世了。他后来变得很有名，非常有名，而他将他的这种名人的生活、将他巨大的运气与我分享了。他帮我找到了更好的编辑。他带我出席不同的活动。我那时候只出了两三本书，还不认识什么人。他在他生命的这个获得了世界性声誉的时候对我伸出了慷慨的援助之手。在那个时候我很安心于待在他的影子底下。

吴永熹：你比他要年轻一些，开始写作也要晚一些。

理查德·福特：我比他小七岁。不过在你三十多岁的时候，假如另外一个人是四十多岁，这不是很大的差别。而且我们之间有一些共同点，我们的父母都是西阿肯色州的人。对任何人来说这都是一个非常偏僻的地方，所以后来他们都离开西阿肯色去别处谋生、成家了。雷的父母去了俄勒冈，我的家人去了密西西比。所以我们可以说是了解同一种人生的。你之前在问我为什么喜欢写我写的那类角色，是因为这些人就是我的父母后来成为的那种人。对于雷来说也是。

吴永熹：这一点在雷蒙德的作品中可能更明显。

理查德·福特：可能是的，但这是因为他没有我有过的那些优势条件。在我父亲去世后，我去跟我的外祖父母一起生活了一段时间。我的外祖父母生活得很好，他们在小石城有一家很大的酒店。作为他们的外孙，我接触到了和我父母一起生活时接触不到的另一种生活。我见识了一些东西。我不是说我是比雷更好的作家，因为我不是。但我见到了生活中的一些事情，这些事情是他从来没有接触过的。而且他的生命过早地结束了，不然的话他会改变的，他会变得更好。他会了解其他事物。你知道，现在他已经去世三十一年了。我的生命继续演进，但他却没有这种机会。

吴永熹：想起这些是不是有些令人伤感？

理查德·福特：哦，非常让人伤感。我不是故作谦虚才这么说的，但是我知道，如果他还活着，那些我获得的东西就应该是他的，就不会给我。因为他在美国的文学与思想生活中占据了那么大的位置，当这个位置变得空缺的时候，因为我是他的好友，很多东西就来到了我这里。他死得太早了，这不公平。我得到了这些东西也不公平。但我接受它们并没有觉得不舒服。我知道人生是怎么回事。这就是那种关于明星的故事，有一天明星生病了，他的替身跑过来取代了他的位置，成了明星。

吴永熹：在你第一本成功的长篇小说里，你写了一名体育记者。你自己也当过体育记者。不过我感觉你并不是经常写和你自己相似的人物。在这本书里你放进了自己的经历吗？

理查德·福特：我放进去的更多的是我的态度，而不是经历。当时的情况是，克里斯蒂娜和我住在新泽西州的普林斯顿，我那时基本想要放弃写小说了，因为我写的两本书都不怎么成功。我就想，好吧，够了。我觉得我需要去工作。我问了一本体育杂志我能不能去当记者，他们同意了。于是我写起了关于足球和拳击的体育新闻，这是两项我喜欢的运动。

但是杂志社很快倒闭了，我失业了，回到了普林斯顿。当时我在想，我人生中做的哪件事是没有完全失败的呢？就是写书啊，我想。或许我应该最后再写一本书。但我应该去写什么呢？我需要知道我的人物的职业，他或者她是怎么挣钱的。作为一个工薪阶层出身的小孩，这一点对我很重要。于是我想，我应该写一个什么样的人物呢？我可以写一个体育作家啊，我想到。我没有让他去做我当时做的那些事情，但是我对当体育记者有一些态度，比如这份工作有多容易、多有趣，我把这些写进了书里。我不想写一本关于我自己的书。我觉得如果我的小说是关于我的，那么我就不够努力。我不够有趣，但我虚构的人物一定要是有趣的。

吴永熹：在刚开始的时候，你知道关于弗兰克·巴斯科姆的这些书会成为一个持续终生的项目吗？

理查德·福特：我以为我只会写一本书。然后我准备写一本关于一个父亲为了重启父子间的亲密关系带他的儿子去旅行的书。但后来我发现，所有我为这本书做的笔记，听起来都很像之前的那本书。这个人物听起来就是弗兰克·巴斯科姆。但是我想，哦，你不能这么做，你不是一个有这种大野心的作家，你不会写好的。但在试图说服自己放弃了一段时间之后，我又想，你知道吗，你已经被给予了这个声音了，你已经被给予了这样一个读者群了，放弃和命运做斗争，去写一本相关联的书吧。所以我就去写了。

吴永熹：在第二本书里，弗兰克·巴斯科姆的变化很大，他不再当体育记者了，而是成了一名房地产经纪人。这是一个不同寻常的选择，因为这是一个很少有人会注意的职业。

理查德·福特：正是因为没有人注意它，对我来说它就更有吸引力了。因为当我注意到它的时候，我就有一些新东西可以给读者了——这里是一个你以为是隐形的、仅仅是功能性的人，但他其实是一个活生生的、热心的、愤怒的人。

在我开始去写《独立日》，并且我知道它也是一本关于弗兰克·巴斯科姆的书的时候，我又开始问我自己这个问题：他是做什么的？我不想回去写体育记者了，我觉得我已经把那个题材写尽了。于是我想，我了解什么呢？我想到，我对房地产了解很多啊。我在美国的很多地方都生活过，和房地产经纪人打过很多交道。在和他们打交道的时候，我一直有一个感觉，就是他们其实挺有趣的。他们知道很多事情，看过很多事情。他们去到了别人家的房子里，进入了别人的生活。这是很奇妙的。而且，当时我没有预料到的是，这个题材还给了我一个机会，去探讨美国的文化，特别是经济文化。这是一个巨大的礼物，是我完全没料到的。

吴永熹：我注意到，在这些关于巴斯科姆的长篇里，故事都是围绕着一个节日展开的。这是有意设计的吗?

理查德·福特：完全是的。当你去思考那些长篇小说巨著的形式特征时，你会发现故事需要发生在特定的时间和空间。我想到，如果我能将我的小说设定在一个读者已经有情感联系的时间，比如某个美国节日——独立日、感恩节、复活节——那么，组织小说的一个元素就已经被解决了。我选择的是美国节日，因为我的第一读者主要还是美国人。当我在小说的第一段时说"这是1998年的感恩节"时，读者立刻就会对于感恩节是什么样的、1998年是什么样的有一个智性的、感性的共鸣。我认为这是一种巨大的优势。在我正在写的最新的一本小说里，我把故事设定在情人节。这次故事在是明尼苏达州，不是新泽西了。

吴永熹：在你2002年的短篇小说集《千百种罪》里，道德感是一个非常突出的主题。

理查德·福特：这本书讲述的是人的失败。我的兴趣不是告诉人们他们应该怎样行动，这不是我人生的目标。我感兴趣的是讲故事，生动地展现当人们这样或那样行动的时候会发生什么。我觉得我们理解道德的方式是，不是强迫别人按照我们认为正确的方式去行动，而是去理解事情之间的因果关系：如果你这么做了，这件事会发生。

对我来说，这是我最能够接近道德的方式了。你在写故事的时候可以做假设：如果你这样做了，这件事会发生。这是好事吗？如果你那样做了，那件事会发生，这是坏事或是应该后悔的事吗？传统观点认为，如果你和邻居的妻子上床了，这是坏事。但是我在这本书里想写的故事是说，是这样的吗？如果你和邻居的妻子上床了，这总是坏事吗？我的想象力是打开的……

吴永熹：你在寻找不同的答案，也是在要求读者对同样的问题做出不同的思考。

理查德·福特：我的方法是去写一系列的人的行动。在这本书的语境里，它探讨了很多和别人的妻子或丈夫上床的问题。我会去写一系列的行动，然后看看下一步会发生什么。有时候我不知道下一步会发生什么，但是我知道我不会被习俗影响。我不会去听从《圣经》会告诉我们的话。如果你这么做了，那么你做了坏事。你会失败，会死，会下地狱。我的想象力会对我说，哦，这是真的吗？所以道德不是我告诉你什么是好，什么是坏。道德是说，我可以想象这件事会发生，你是怎么看的呢？

吴永熹：也就是说提问更重要。

理查德·福特：小说家是去问那些重要的问题的人。小说家并不提供所有重要的答案。

吴永熹：你的新小说集明年就会出版了，这本书是什么时候开始写的呢？

理查德·福特：第一篇是2003年写的，2006年写了第二篇，2008年又写了两篇中篇。其他的六篇是2008年到今年之间写的。这本小说集比我之前的小说集创作的时间都要长，但我一直都知道这些故事的使命是什么，为什么它们是属于一本书里的。我不希望一本小说集只是把理查德·福特写的十个故事放在一起。我希望小说集是有统一性的，即便形式上不具备统一性，思想上需要具备统一性。

吴永熹：最后，你的工作时间是怎样的呢？

理查德·福特：我试着不比必需的更努力。我会早上8:30来到这间书房。我通常5:30起床，但我会花2到3个小时，看报纸，喝杯咖啡，和克里斯蒂娜说话，和小狗们玩耍。我会在书房工作到12:30。然后我会处理一天中要处理的事务。大约3:30我会回到书房，然后4:30或5:00时我会去健身。这大概就是普通的一天。我会工作四个半小时到五个小时，然后总是会以去健身结束。

你知道，当我决定我不会当银行家、律师或是海军军官的时候，我就已经决定了我不要像他们那样工作得那么卖力。我不会把一个总体来说自由的人生变成一个被奴役的人生。我是决定我的工作时间的人。有时候一连好几天，甚至好几个星期我都不来书房，我一点都不会愧疚。因为我必须要从我本人这里获取最好的东西。没有人可以告诉我怎么去做。在我认识克里斯蒂娜的五十五年中，她从来没问过我，你今天不工作吗？如果她这么问我会愤怒的。

我是我本人的主宰，我喜欢这一点。

乔治·桑德斯

作家的工作
就像『接生婆』

George Sanders

在长篇小说《林肯在中阴界》出版之前,乔治·桑德斯一直以风格独特的短篇小说行走美国文坛。他的小说想象奇崛,表达方式新颖多变,充满黑色幽默与反讽,主题则常围绕对资本主义、消费主义及大众文化的嘲弄和批判展开。他常常被归类为"后现代主义"作家,时常被和唐纳德·巴塞尔姆、唐·德里罗、大卫·福斯特·华莱士、唐纳德·安特里姆(Donald Antrim)相提并论。这一小撮"离经叛道"的作家不算流行,却凭借各自的原创魅力拥有一批狂热的拥趸。桑德斯的流行是在短篇集《十二月十日》登上《纽约时报》2013年度好书榜的时候,他才成了一个进入大众视野的作家,而他已经五十五岁了。毫无疑问,《林肯在中阴界》获得布克奖进一步推高了他的知名度。

《林肯在中阴界》是桑德斯写作三十年来出版的第一本长篇小说,小说的主题异常简单,讲述的是美国内战时期,总统亚伯拉罕·林肯痛失爱子的故事。但作为一部桑德斯作品,《林肯在中阴界》也完全有别于传统意义上的长篇小说,不仅小说的叙事者是一群鬼魂(包括林肯刚刚去世的幼子),故事也从头到尾以碎片的形式叙述。有评论者认为《林肯在中阴界》读起来更像是剧本或口述史而非小说,今年的布克奖评委会主席罗拉·杨称小说"因其创意和与众不同的风格脱颖而出"。

在桑德斯看来,长篇和短篇写作的不同并没有他想象得那么大,他认为这大概和他写的是一本反传统的小说有关。但在他看来,在作品中"创新"或"反传统"不是他写作的目标,风格的意义在于更好地去侍奉故事的情感核心。罗拉·杨认为,《林肯在中阴界》"吊诡地召唤出了另一个世界里已死灵魂的生命,鲜活而生动。它探讨了关于'同情'的故事和意义"。

这篇访谈以邮件形式完成,这位新晋布克奖得主很爽快地答应了我的采访邀请,并且在我发去提纲后不久就将精彩的回复传了回来。

∴

吴永熹：你是第二位获得布克奖的美国作家，获得这个奖对你意味着什么？

桑德斯：我将它当作一种信任投票，也是一种鼓励；鼓励我下一次要有更大的野心——找到更多的美，以一种更加复杂、更加真实的方式。

吴永熹：《林肯在中阴界》是你的第一本长篇小说，这个故事什么地方吸引了你？你一直都知道假如你要去写这个故事，它会是一个长篇吗？

桑德斯：很多年前我听过一个关于林肯总统的故事。在一个深夜，悲伤万分的总统去了他刚去世的幼子的地下墓室。这个故事不知怎么被我一直记在了心里。我在开始写一个故事的时候脑子里通常没有一个想好的长度或形式，我会尊重故事本身的内在基因。不过，我认为在写得更短、更精练的时候自己通常会写得更好。

但这个故事似乎想要变得比一个传统的短篇小说更长。事实上我一直在努力不把它写成长篇，但是故事本身似乎"赢得"了它的长度。我只是在诚实地倾听它的声音。

吴永熹：但这个长篇的结构是相当反传统的，它是由许许多多的鬼魂用碎片的形式讲述的，中间穿插了关于林肯的不同历史文献的片段。你是怎么想到要用这个结构来讲这个故事的？这种碎片化的形式是从一开始就设定好的吗？

桑德斯：不是的，我完全不知道我会这么写。我喜欢在写作的过程中去发现故事的形式。我认为最重要的是你要去观察和体认这个故事的情感内核是什么。如果你一直努力想要写得真诚、诚实和感人，你会发现在整个过程中，故事会逐渐向你展露自身，它会不断地演变幻化。采用这种形式并不是为了去写一个"创新"或是"反传统"的作品，而是为了侍奉故事的情感核心。我有一个导演朋友，他说他的艺术信条是"在创作中发现"。我很喜欢这个想法。或者，换一种说法，如果故事只是你一开始计划好的样子，在某种意义上，它是令人失望的。又或者说，你希望它能够"溢出来"一点。它最好是能够让你惊讶。

吴永熹：你写作这么多年来一直都没有碰过长篇，是什么促使你这次放手一试的？就写作过程本身而言，你认为写长篇和写短篇最大的不同是什么？

桑德斯：老实说，区别并没有我想象得那么大。我一直在等待一个类似"哇，我在写长篇啊"的时刻，但这个时刻并没有到来。也许这和这是一本有点奇怪的长篇有关系。但不管是写什么类型的小说，我写作时的基本方法是一样的，我会集中精力把我正在写的那部分打磨好，希望它能够帮助我去修改它之前和之后的部分。这是一个不断重复和不断探索的过程。有时候你写到一个地方时会想，咦，我是怎么来到这个有趣的地方的？这就像我之前说的，一本书会慢慢告诉你它是什么。你的工作有点像接生婆——你要保持开放性和接受的心态，帮助它成为它想成为的东西。

吴永熹：你是怎么做关于林肯的研究的？在这个过程中你对他最意外的发现是什么？你希望在这本小说里呈现一个怎样的林肯？

桑德斯：从一开始我就知道我对林肯要做什么样的研究取决于故事将向什么方向进展。我不想去写一本"关于"林肯的书，我只是想将某个特定的夜晚写活。然后我的阅读就是要去填补那个林肯——在他出场的那些场景中，我需要让他变得真实，富有人情味。所以，我的阅读是朝向这个目标的。

我对林肯的印象是，他是一个直到生命的最后一刻都在不断成长的人。他在不断地扩充他对于平等的理解，不断开阔自己的心胸。他越来越好奇上帝想要他和这个国家怎么做。不管是作为一个领导人还是一个普通人，他都是极具表率意义的。

他会仔细地审视自己身处的境况，保持开放性、同情心和理性，并愿意据此行事。

吴永熹：你在小说中用的是一种严肃而古朴的语言，就语言和语调而言，有什么作品给了你灵感吗？而且小说里不同人物的语言似乎是和他们的背景与个性相匹配的，有些人的语言更谨慎、更文雅，有些人的语言要显得更粗糙，缺乏连贯性。你似乎是一个对语言非常在意的作家，那么在写作中创造出这些不同的"声音"对你是一个主要的吸引力吗？

桑德斯：是的！我的主要目标是将一个人与另一个人区别开来，这样才能创造出一种"众声喧哗"的感觉，因为小说里有一百多个人物。在写这本书时，我有时候会想到中国的兵马俑。如果你想要将一个陶俑与别的陶俑区别开来，你可能只需要让每一个陶俑里都有一个小小的，但却是明显的不同。这样应该就可以了。所以我需要通过语言上的小小差异来创造这种感觉。我在美国国内和国外的不少地方旅行过，我总是在思考造成人与人之间差异的地方是什么，他们的思维模式又是怎样影响他们的说话方式，或是后者是怎样影响前者的。

吴永熹：你是怎么去创造和安排小说中众多的人物的？
桑德斯：他们是自然地、按照需要创造出来的，这个过程非常依赖直觉。写到某一个阶段时，一个或是一组新的鬼魂就会自动出现。当你沉浸在书中的世界时，你的潜意识要比意识走得远得多。通常故事会"需要"某个特定的人物出现，但我总是等这个人已经被写出来了才会意识到这一点。我常常会觉得在写作时我是在调动我的某部分更强大的、更值得信赖的智慧。所以写作最重要的就是要每天坐在书房里，试着享受它的乐趣，试着保持灵活以追随小说的需要。

吴永熹：你的小说常常有一种喜剧和反讽的语调，并且它是以一种独特而有效的方式实现的。你是什么时候开始意识到你形成了自己的风格？有一个类似于顿悟的时刻吗？

桑德斯：1989年我写了一个叫作《造波机坏了》（"The Wavemaker Falters"）的小说，这个故事对我来说是一个真正的突破。我从中发现的最重要的事情是，我的小说需要由娱乐与沟通来驱动。在写作中我想与我的读者建立一种亲密的关系，通过速度、幽默，通过对重复与模糊的逻辑的摒除。这些仍然是我写作时的主要原则。我想象自己是一个第一次读到作品的读者，我会去感受每一句话的表现怎么样，然后准备好去做任何必要的改动。一切都是为了实现那个更大的目标——也就是创造一个让读者觉得可信的、富有意义的小说世界。

吴永熹：我在不少地方读到你写作时非常喜欢改稿，并且你认为你的作品都是在不断修改中完成的。你可以向我们描述一下你改稿的过程吗？在完成多少"初稿"后你会去改动它？你如何确定一段文本已经"完成"了？你会担心在不断改稿时自己会失去耐心吗？

桑德斯：我会去读我写下的部分，然后想象我的头脑里有一个指针，"P"代表"好"（positive），"N"代表"不好"（negative）。我要做的是去观察指针的走向，然后相应地去调整。当指针划向"N"的时候，我会试着去感觉为什么会这样，并去想我可以怎么改正它。然后就是一遍一遍地重复这个过程，每一次都做出小小的调整。慢慢地，故事会开始朝着它自己的方向前进——它会告诉你它想变成什么。这是一个极为神秘又无比美妙的过程。

吴永熹：你在雪城大学教授创意写作，这些年中你最常教的文本都有哪些？为什么选择它们？

桑德斯：我最喜欢教的是19世纪和20世纪的俄罗斯文学：屠格涅夫、果戈理、托尔斯泰、契诃夫、陀思妥耶夫斯基、巴别尔、丹尼尔·哈尔姆斯。不知道为什么，他们的作品对学习故事结构特别有用。当然了，任何好的故事都会被拿到课堂上来教。这个过程的核心是让学生学会观察他对于一个故事的反应，让他有意识地去问，为什么我在此处会有这样的反应？这是成为一个理解读者的作家的第一步，这意味着他会学着去调整自己的写作，使它变得有效、美丽、打动人心。

唐·德里罗

人们认为我是一个偏执的小说家,但我不是

Don DeLillo

和唐·德里罗见面是在一个秋天的正午。我们经译林出版社和德里罗经纪公司安排，在位于曼哈顿的经纪公司见面。我到的时候德里罗已经到了。他的身材比我印象中瘦小，安静地坐在正午的阳光里，逆光让他的脸沉入暗影。文学经纪人介绍了我们，进门时那条跑来迎门的叫格雷丝的小泰迪犬也跑来凑热闹，但很快就被下令离场。不巧的是，德里罗那天感冒了，后来我们的采访都是在他尽量压抑的咳嗽声里完成的。德里罗没有因为身体不适取消采访或是更改时间，让人十分感动。

今年八十一岁的唐·德里罗是在世美国小说家中最著名的几位之一，早已奠定了经典作家的地位。挑剔严厉的批评家哈罗德·布鲁姆认为他和菲利普·罗斯、托马斯·品钦、科马克·麦卡锡是美国当代最杰出的四位小说家。他是整个下一辈美国作家的文学偶像，追随者包括成就斐然的大卫·福斯特·华莱士和乔纳森·弗兰岑。近年来他也是美国获诺贝尔文学奖呼声最高的作家，虽然另一位风头盖过他的美国人抢先获得了殊荣，并且对此似乎不以为意。

从某种意义上说，德里罗这一批出生于20世纪30年代的美国作家似乎赶上了写小说的好时候。他们出生于光辉的"美国世纪"，但恰逢大萧条过去不久，乐观中不免蒙上一层阴影。其后，世界大乱，东西两分，"冷战"成为这一代作家整个成年生活中最鲜明最真实的底色。"冷战"阴影下的美国内部也经历了剧烈的动荡与重整，从肯尼迪总统被刺案，到轰轰烈烈的民权运动，到反核反战，整个六七十年代似乎都给人一种"历史正在眼前展开"之感。

这些都进入了德里罗的小说，并成为他创作的核心主题。从第一部小说《美国风情》开始，德里罗就已经在思考肯尼迪被刺案件对美国人集体意识的深刻影响。"恐惧"和"多疑"是德里罗小说中反复出现的主题，它们以不同的方式在《天秤星座》《名字》《白噪音》《毛 II》《地下世界》中复奏出现。评论界在德里罗身上安放得最多的标签之一是"偏执多疑"（paranoia）这个词。对此，德里罗说，人们认为我是一个偏执多疑的作家，但我不是,是文化本身是偏执多疑的。

或许德里罗小说最大的吸引力不在于它们写了什么,而是它们书写的方式,和他独特强烈的语言魅力。他本人对于贴在他身上的标签,譬如"政治作家""后现代小说家"通通不以为然。但他却饶有兴味地讲到他是怎么在意字母的形状、音节的多少的。他能够一字不差地背出海明威《永别了,武器》的开头。他本人的语言颇有海明威的干净硬朗之风,带着同样令人着迷的神秘感和洞察力,或许还多了一些诗意。谈起出版社在重版海明威和菲茨杰拉德时为他本人也重出了一套作品时,德里罗说他对此深感意外,但他显然很满意与这二位为伍。

在访谈接近尾声时,我问德里罗有没有想过有一天自己会得诺贝尔奖,他坦承在人们开始经常谈起这种可能性时他确实想过。我们笑说他的感冒会好起来的。但是得不得这个奖意义似乎也没有那么大,毕竟文学史上有过那么多无冕之王。

∴

吴永熹:我听说你是用打字机写作的。

德里罗:是的。我用的是一台手动打字机,是二手买来的。我从20世纪70年代中期用的就是这一台,它仍然运转良好,我用它用惯了。我想我喜欢它很重要的一个原因是它的字体比较大，所以我能比较容易看到纸上的东西。

我很早之前就会在打字时把文章分成很短的段落，这也是为了能更方便地看到我刚刚写下的东西。而且在同一页纸上我不会去写下一段，我会再放一张新的纸。

吴永熹：你怎么修改呢？是用笔在打字稿上修改吗？

德里罗：是的，用笔，在纸上改。然后我会重新再打一遍。

吴永熹：你是从60年代开始写作的。最初的十年里你写了许多本小说，但并没有受到太大的关注。能和我们说说那时你的心态是什么样的吗？

德里罗：我没注意到自己受不受关注这件事。那时候获奖对我来说不重要，我不在乎。我不认为自己是美国当代小说潮流中的一分子。我不认为我已经进入其中了。

那也是一个比较奇怪的年代。就算在那时候，一个小说家有没有登上《纽约时报》书评版的头版对出版商来说也是很重要的。意外的是，我的第二本书《球门区》(*End Zone*) 登上了头版，这让我的出版商很高兴。当然它也是一件好事。除此之外，这是一个黯淡的年代，但这恰恰是符合我的心境状态的。

我觉得它是一个合理的状态。就算在我开始获得更多关注的时候，我也不知道怎么回应。这种关注是从《名字》开始的。

后来是《白噪音》，这本书获得了很多关注。之后是那本关于肯尼迪被刺事件的《天秤星座》。

吴永熹：你是怎么想到去写《天秤星座》这本书的呢？

德里罗：它让我也很吃惊。我觉得是因为在那个时期，总统被刺事件一直是人们反复争论的事情。杀手是李·哈维·奥斯瓦尔德吗？还有别的枪手吗？这种争论一直在继续，持续了有二十多年。我对整个事件和背后的文化现象很感兴趣，我去了达拉斯、沃斯堡、迈阿密、新奥尔良做研究。我在这些城市的街上游荡，边走边做笔记。我想知道李·哈维·奥斯瓦尔德住在哪里，我想去看他住过的那些房子。整个过程很有挑战，但是也非常有收获。我第一次为一本书去了很多地方。这本书也获得了不少关注。

那也是美国历史上的多事之秋。发生了更多的刺杀事件，发生了暴动、游行。当然还有战争，包括越战。那是美国历史上一个非同寻常的年代。

吴永熹：60年代和70年代对你来说是非常重要的时期，它在你后来的作品中反复出现了。就像你说的，那是一个发生了许多重大事件的年代，在你的作品中，"恐惧"是一个反复出现的主题。

德里罗：还有偏执多疑（paranoia）。

吴永熹：还有偏执多疑。

德里罗：人们认为我是一个偏执的小说家，但我不是。是文化本身是偏执多疑的。我认为它的直接起因就是1963年的肯尼迪被刺事件，它的影响持续了二十多年。

我记得在我的第一本小说《美国风情》（*Americana*）里就写到这个事件了。我是1968年开始写这本书的，在小说的最后一页，我决定让主人公大卫·贝尔成为肯尼迪总统车队里的一员。所以那个事件中的许多地点都出现在了小说中——我不会把它们一一列举出来，但是出现的有拉斐尔德机场、三道桥、李·哈维·奥斯瓦尔德工作过的教科书仓库、埃尔姆街等等。我记得我曾经坐在车里，站在围栏后面看着埃尔姆街……这就是当时的状况。

吴永熹：你认为肯尼迪事件造成的恐惧在很大程度上塑造了美国的集体意识？在你还没有专门去写一本关于它的书的时候你就已经写到它了。

德里罗：我认为是的。这种恐惧一直在延续。我后来在《毛II》和《地下世界》中都写到了。《毛II》里写的是恐怖主义，《地下世界》写的是对世界的不信任。一开始我只是对1941年一场著名的棒球赛感兴趣，我以为它就是一个50页的小东西。

吴永熹：但它最后变成了800页，是你最长的一本书。在这本书里，你写到了好多个不同时空的人物和故事。

德里罗：《毛II》为这本书做了准备，但我没有想到它会变得这么长，变成了一本800页的书。写这本书用了五年，这期间我没有考虑过它会花多长时间。我只是去做必须要做的，不去管结果如何。它是一个挑战，我想我完成了这个挑战。

吴永熹：你的文字风格很特别，它几乎结合了两种相反的品质：一方面很简洁，一方面又很激烈。你是什么时候意识到你形成了自己的文字风格的呢？

德里罗：我想它是80年代早期形成的。从60年代晚期到整个70年代，我一本接一本地写了好几本小说。对这些书我完全不后悔。

但80年代早期情况发生了一些变化。我搬到了希腊，住在雅典。最大的一个变化是我开始注意到周围的那些艺术。三维的艺术，大理石上刻下的古老的希腊字母。我开始特别仔细地观察那些字母的形状。

我不懂希腊文，对那些古老的历史我一句话、一个字都读不懂。但我非常用心地观察那些字母，然后我发现我自己在写作时变得更仔细了。我会去看那些句子中的单词,单词中的字母。有时候我会发现字母之间的联系,比如一个词开头的字母和结尾的字母之间的联系。我认为这很有趣,虽然别人可能不会这么认为。对我来说这是一种视觉体验。我从80年代就开始这么做了。

吴永熹:你关注的是这些字母的视觉层面的关系?

德里罗:我是在写《开氏零度》(*Zero K*)的时候写下这句话的,这是我最近的一本小说。这句话是:"Sky, pale and bare." 注意 pa 和 ba 的关系。然后是 "Day fading in the west. If it was the west, if it was the sky." 两句话里几乎全是单音节的词,只有一个词有两个音节。这并不是事先计划好的,但写出来后我就注意到了。

吴永熹:所以这几乎是一种无意识的行为。

德里罗:是的。是一种无意识的行为,同时也是一种视觉行为。虽然我是在写散文。而且读者对此未必会很留意。

吴永熹:我认为这种对视觉的关注同时给你的语言增加了一种音乐性。

德里罗:我希望是的。

吴永熹：你认为你离开美国去希腊生活的这段经历影响了你看待美国的视角吗？

德里罗：我认为是的。而且我是在雅典。在那个时期，整个的中东和地中海区域也发生了许多重要的历史事件，比如伊朗君主制度的终结和霍梅尼的上台是极其重大的事件。突然间在雅典有了许多伊朗难民。在那整个地区有许多劫机事件。在我在雅典的那个时期，你能真切地感受到那种动荡不安，那种历史就在你眼前发生与展开的感觉。这些几乎给我每一天的写作都提供了新鲜材料。

吴永熹：这是你的小说《名字》的创作背景，它也是你最早获得广泛关注的一本小说，这本书似乎就和你在希腊的生活密切相关。

德里罗：是的。我从来没有这么工作过，从来没有体会过将前一天的经历直接转化成第二天的工作的感觉。它是一种美妙的体验。就在我的身边，可以写的事情太多了——人物、地点、事件。那些餐厅、酒吧、旅居国外的美国人是什么样的，他们怎么生活，所有这些都直接进入了《名字》这本小说。我十分享受写这本书的过程，就好像材料都是现成的，我甚至都不用坐下来思考。它们就在我身边，唾手可得。这本书就是这么写成的。如果我没记错的话，写这本书我只用了两年时间。如果现在要我去写它的话，我可能永远也完不成。

吴永熹：你是美国作家里比较关注政治的，许多人认为你是一位政治作家。你认为这是你所经历的时代带来的结果吗？

德里罗：我不是这么看待我自己的，虽然大多数人是这么认为……人们看待一本书的方式很奇怪。他们不仅认为我是政治作家，也把我称作一位后现代作家。这个标签也是我无法理解的，至少我不理解它为什么会放在我身上。你看，我看我自己作品的方式是和别人不同的。

吴永熹：所以你不是很喜欢这个标签？

德里罗：哦，也不是不喜欢。不是的，他们可以这么叫我，我只是不知道对此该怎样回应。作为一名作家我这一生还是很幸运的。我没有任何要抱怨的地方，除了这场感冒。

吴永熹：死亡在你的小说中是一个非常重要的主题。对很多作家来说，这是一个他们很晚才会去面对的主题——在他们自己步入晚年，即将面对自己或身边人的死亡的时候。但你从年轻的时候就对这个主题很着迷。你觉得它为什么是一个这么吸引你的主题呢？

德里罗：我想这是因为我是在一个天主教的家庭里长大的，肉体的易朽与精神的不朽是我们的学校教育中的一部分，也是我们经常在星期天弥撒中听到的。这种天主教教育并没有持续太久，但我想它一定留下了一些影响。在我小时候，星期天会给人一种不一样的感觉。几乎所有人都会去教堂。在一些特殊场合，比如葬礼弥撒上，你会体会到某种不一样的美感。一场长长的葬礼弥撒，唱诗班在台上歌唱，管风琴在奏响。对一个十岁的孩子来说，这是非常、非常深刻的体验。我不认为它影响了我写作的方式，但它帮助定义了我是谁。后来我不再去做弥撒了，我开始去看电影。

吴永熹：在某种意义上，电影也是人们用来对抗死亡的一种方式。

德里罗：在某种意义上是的。吸引我的主要是出现在60年代纽约电影院里的欧洲电影和亚洲电影。它们对我来说是一种极大的启示。我认为70年代的美国电影是对它们的一种直接回应。

吴永熹：美国的艺术电影。

德里罗：是的。我那时候常常会在完成了上午的工作后跑去看电影。它让人深感满足。我认为它可能确实影响了我写作的方式。我想电影确实会以一种直接的方式进入你的作品，比如角色塑造，或者是这样那样的方面。

吴永熹：我不知道我们能不能把这一点和电影对你的影响联系起来，我认为对话对你来说非常重要。

德里罗：是的。

吴永熹：我认为你使用对话的方式也是相当特别的，比如有时候情节发展也会通过对话来实现。你认为这一点是受到了电影的影响吗？

德里罗：我明白你的意思，但我不认为是电影的影响，或者至少我自己没有意识到。而且我也不知道该怎么去形容我小说中的对话。我尝试着不去写那种装模作样的对话，即便说话的是一个非常聪明的男人或女人。我希望它是完全自然的，不仅对我来说是自然的，对读者来说也是自然的。而且对于我所描述的情境来说也是自然的。

吴永熹：但你的对话还是特色鲜明的。至少我在读你的小说时常常感觉，你的人物既是非常善于表述的，同时又是沉默的。他们可以很能说，但常常又像在隐瞒着什么。

德里罗：在《开氏零度》中，我想阿蒂斯说话的风格是比较深刻的。我是故意这么写的。这不是一本完全现实主义的小说，有些地方是超现实主义的。阿蒂斯确实是非常善于表达的。在我完成这本小说的时候，我觉得它好像缺了一点什么。后来我又写了一大段独白——以第一人称和第二人称各写了一遍。我认为这很有趣，我只用了两天就写完了。它成了小说的核心段落。现在这本小说就完成了。我想小说奇怪的地方就在于它能给作家本人带来许多惊奇，因为它的广度、深度和长度能够容纳许许多多的意外。

吴永熹：在小说之外你还出版了一本短篇集，这本小说集也深受好评。但你写过的短篇肯定不止收入集子中的那一些吧？

德里罗：是的。我并没有把所有短篇都收入到这本书里。比如有一个我在70年代写的故事是发表在《时尚先生》(*Esquire*)上的，后来重读时我并不是很喜欢它，就没有把它收到书里。后来那本书里只收录了九篇故事。

吴永熹：你什么时候会有写短篇的冲动？

德里罗：它完全是自然发生的。我总是知道一个想法是会变成一个长篇还是一个短篇，我从来没有弄错过。我从来没想过去想长篇中人物的名字和想短篇里的人物名字需要花多少时间。想长篇中的名字花的时间长，还是和只要花三个星期来写的短篇一样？这也是有可能的，但我从来没有想过这个问题。

吴永熹：我认为这一点别的评论者也谈到过了——不少人说你和一些欧洲作家很像。你认为你受到了欧洲作家的影响吗？

德里罗：我不知道。但我确实读过很多欧洲作家的作品。当然还有美国作家。我认为我是受到过詹姆斯·乔伊斯的影响，虽然我不认为我的写作方式和他很像。

吴永熹：加缪呢？

德里罗：加缪是一个我很喜欢的作家。或许他也对我产生过影响。我觉得我是应该再去重读他的小说了。

是不是还有海明威？我在想《永别了，武器》的第一句话："In the late summer of that year we lived in a house in a village that looked across the river to the plain to the mountains."（"那一年的深夏我们住在一个小村子里，房子面朝河流、平原和山谷。"）这是海明威。我想整句话里只有一个词是超过两个音节的。今年我的出版商Scribner在重版海明威。Scribner在这个重版海明威和菲茨杰拉德的系列中也为我出了一个特别版本，我根本没想到他们会这么做，真的。我怎么有资格和这两位作家放在一起呢？当然了，虽然这是完全出乎我意料的事，但也是非常让人高兴的事。

吴永熹：你已经是美国经典作家中的一员了，许多人认为你是诺贝尔文学奖的有力竞争者。特别是去年，许多媒体预测你很可能会获奖，因为美国作家已经很多年没有获奖了，而你是许多人心目中的最佳人选。但是当然，结果出人意料。

德里罗：确实是美国人得奖了，是的。（开始唱）嘿手鼓，为我写一首歌吧……

吴永熹：你听到迪伦获奖的消息时的反应是什么？

德里罗：我想大多数人已经忘了，迪伦获得提名已经有好几年了。大约四年前我们就听说了他被提名的消息，之后连续好几年都会听到他的名字。当我听到他获奖的消息时只是有一点点惊讶。我想这回终于轮到一个美国人获奖了，而他是一个我喜欢了几十年的作家。

吴永熹：所以你是将他当作作家来看待的。

德里罗：是的。虽然许多人不这么认为。他不写小说。还是说他也写过？我的第一本小说《美国风情》里引用了《地下乡愁蓝调》的歌词，我认为这是一个绝妙的歌名，也是一个很棒的小说的名字。宣布他获奖的时候我又想到了这件事。《地下乡愁蓝调》，多棒啊。

吴永熹：你想过自己会得奖吗？

德里罗：这个嘛，我得的奖已经够多了，过去这些年我每年都会拿一个什么奖。当然，我确实想过这件事。但是是从过去这几年才开始的，当人们开始讨论、开始写文章说我可能会得奖的时候。那是我开始考虑这种可能性的时候。我想我只需要活得足够长吧。

吴永熹：你的感冒会好起来的。

德里罗：（笑）我的感冒会好起来的。

吴永熹：你被认为是改变了美国小说形态的作家之一，你认为未来的美国小说会是什么样子的？

德里罗：这很难预测，我只是认为小说会一直活下去。不管人们会怎么叫它，它不会消失，因为它太重要了。我认为会源源不断地有年轻作家被这种体裁吸引，他们也将会决定这种体裁未来的样貌。我不知道二十五年后的小说是什么样子的，也许还是和现在一样，也许会有巨大的不同。我希望美国小说会活下去，我相信它会的。我认为它足够强大。它已经经历了这么多的文化变迁了，却一直好好的。

吴永熹：因为总是有人会继续写作。

德里罗：绝对是的。当人们不再写作的时候，这意味着我们的世界已经变得连科幻小说都无法预测了。

A.S. 拜厄特

我们身处
一个对性过分着迷的社会

A.S. Byatt

英国女作家 A.S. 拜厄特2012年来到中国的时候，中国读者对她还相当陌生。虽然拜厄特在英语文学世界是一个响当当的名字，其声望大约与国内读者熟知的安吉拉·卡特相当，只是当然，二者的写作风格完全不同。论世俗地位，拜厄特更是在1999年被授予了"女爵士"头衔。

其实拜厄特的作品早在2008年就被引进中国了，她获得布克奖的大部头名作《占有》(*Possession*)由外语教学与研究出版社推出。只不过这本书知之者寥寥，以至于2012年由新经典重新出版时，是被当作一本新书看待的。(后来此书的中文书名被改成了《隐之书》，不知道是什么时候发生的事情。)与《占有》一同在中国推出的还有两本"小书"：以一位博物学家为主角的长篇小说《天使与昆虫》，和取材于北欧神话的《诸神的黄昏》。

拜厄特有时候会被人们称为"学院作家"。这一方面和她的学术背景有关：她先后毕业于剑桥大学、牛津大学，1972年起在伦敦大学教授英语文学，同时也是一位文学评论家。另一方面也和她作品的主题相关，在她的小说中，主人公常常是以从事智性活动为生的人，例如诗人、传记作家、剧作家、博物学家。与此同时，她的小说还关注女性的生活与命运，但再一次地，她对女性生活的关注更集中于精神与智性的层面。

拜厄特自称是一名女权主义者，但将自己定位于一个政治上的女权主义者，对于20世纪七八十年代在西方学术界盛行的女性主义文学批评却十分不以为然，认为这些研究的问题在于它们是"答案先行"。拜厄特推崇的是像乔治·艾略特这样的女作家，以及后来的像艾丽丝·默多克、缪丽尔·斯帕克、多丽丝·莱辛、佩内洛普·菲兹杰拉德这样的作家。"在英国文学史上，好的女性作家一直都是和男性作家一样多的……在我之前的那一代女性作家可能是比男性作家更强的，而且人们都知道她们要更好。"拜厄特显然以隶属于这一伟大的女性写作的文学传统为自豪，而无论是从《占有》还是其他的作品中，这种对于创造活动的推崇和对自身才华的自信都清晰无疑地表露了出来。

❧

吴永熹：我想这是作家访谈普遍会问到的一个问题——你写《占有》的动机是什么？

拜厄特：我想有两个动机，一大一小。小的动机就是"占有"这个词。我当时在大英图书馆研究诗人柯勒律治，有一个从加拿大来的非常有名的柯勒律治学者买了他的日记本。在图书馆的流通处，她在那里看一些书目，我看着她，想到了鬼魂附体、巫术这回事。我想是她附在了柯勒律治身上吗，还是柯勒律治附在了她身上？因为她的所有思想都是关于他的。我对这种一个人的生活迷失在另一个人身上的心理状态很感兴趣。这是一个起源。另外一个是，我觉得学者对于作家其实都是非常有占有欲的，而我是把自己看成一个作家而不是学者，我对其中的张力很感兴趣。

其实还有第三个原因。我不知道你是否了解英国学院小说的传统，像马尔科姆·布雷德伯里、戴维·洛奇等人写的小说。不知道是什么原因，在英国，如果你想写一本关于学院的小说，你必须把它写成一部喜剧小说。你不能让学院里的任何人真正地关心文学，他们必须都是愚蠢的。我不知道为什么一定要这样。但是我想写的是这样一本学院小说，其中文学对小说人物来说是真实的，文学对他们来说高于一切。这些就是让我去写这本小说的原因。我当时想要把它写成一本法国式的实验小说，其中你会读到学院生活，但不会读到诗歌，诗歌会掩藏在学术研究的表面之下。然后有一天，我读到了翁贝托·艾柯的小说。我对自己说，不，不要用那种精致的写法，而是要用那种非常喜剧化的、侦探小说式的写法，因为那样会让它更有趣。之后我开始去写各种侦探小说的戏仿，不过它进展得非常缓慢。其实我在开始写这本书之前的十二三年前就已经有这个想法了，但因为我有四个孩子，此外还要教书，才一直没有写。

吴永熹：是不是也因为它是一本难写的书？

拜厄特：更主要是因为我没有时间去思考它。我的所有书都是很难写的，而且我喜欢花很长时间去思考，我喜欢思考的过程。

吴永熹：这本书的标题"*Possession*"可以有不同的含义。据我所知，在英语中，它至少有两个含义，一是"着魔"（bewitched），一是"占有"。不过遗憾的是，中文翻译只能捕捉到"占有"这一层意义。

拜厄特：当然那也是其中的一层含义，人们去买下其他人的书籍和文章。其实在英语中还有第三层含义，在《圣经》中，possession 的意思是"性"，一个男人对一个女人的性占有。我是在之后才意识到这一点的，我想这其中可以有爱人之间的占有，可以有两个死去的爱人之间的占有，还有两个活着的爱人"占有"那两个死去的爱人。因为这其中有三层含义，所以译者基本不可能把这三层含义都表达出来。

吴永熹：所以他们必须做一个选择。

拜厄特：是的。

吴永熹：在《占有》中有这样一段话，你说罗兰·米歇尔和莫德·贝利出生在一个"不信任爱情的时代与文化氛围中"，"恋爱、浪漫爱情、完全浪漫，却反过来产生了一套性爱语言、语言学情欲、分析、解剖、解构、暴露"。以至于罗兰和莫德之间的感情进展缓慢，似有若无，疑虑重重。我想在某种程度上，我们也是在不信任爱情的时代与文化氛围中成长起来的一代人。这是你为什么去写一本关于激烈的、维多利亚式的浪漫爱情小说的原因吗？

拜厄特：是的，我想这是我写这本书的主要原因。那种爱情几乎消失了。我想当许多事情被禁止的时候，爱是可能的。当你不能爱一个不是你的丈夫或妻子的人之时，爱变得可能，因为它是有趣的。

现在，经常有些大学一年级的学生刚开学就和某个同学搬到一起住，开始了居家生活。他们没有和其他人在一起的经验。我有点可怜他们，因为他们没有浪漫的爱情。我的大女儿比那些学生稍微年长一些，她对我说，我们从不用"爱"这个字眼，但这并不意味着我们不知道什么是爱呀。我想这非常好，她就是在大学里碰到了她后来的丈夫，到现在他们的婚姻都很幸福。

吴永熹：你认为这种不再轻易言爱的文化是怎么来的呢？为什么我们不再说"爱"这个字眼了呢？

拜厄特：我还是会想到我的女儿，现在她已经五十岁了，但在我写《占有》的时候，她还是一个学生。我想她的情形实际上是非常好的，当她拒绝"爱"这个字眼的时候，她是在拒绝许多关于爱的蠢话，那些想象出来的东西，那种强调"你必须拥有爱情否则你就不是一个完整的人"的胡话。实际上你可以做各种事情并且是一个"完整的人"，当然如果你确实拥有爱情，那很好。我想她那一代人很小心地处理了爱情，正是因为她们没有用"爱"这个字。她很小心地挑选丈夫，有了三个出色的孩子，而且他们当然是相爱的。很有意思，在很长一段时间里她的丈夫都拒绝结婚，因为他说如果我们结婚的话，我们会离婚，但他们没有离婚。事实上，我的三个女儿都是很小心地经营爱情而没有用"爱"这个字眼。我想这之后的一代人是不一样的，他们之间有了分化，人们在报纸上看到名人的生活，他们的生活就是金钱和浪漫的爱情，他们很糟糕。我不知道你们这里的情况是不是这样，我们有一个关于名人的文化。我有一个外孙女，在她非常小的时候我们问她你以后要干什么，她说我要去纽约当一个名人。然后我们问，你要"做"什么呢？她说，我要做"一个名人"。她根本没有想到你当一个名人也是要"做"点什么的。

吴永熹：我想人们还是会想去写爱情小说。我想到了伊恩·麦克尤恩的《赎罪》和迈克尔·翁达杰的《英国病人》，它们都是很好的爱情小说，但作者都在故事中设立了战争的背景，也就是说你必须在其中设置障碍。

拜厄特：你说得很对，必须要有障碍，这就是为什么我的爱情小说中的人物是维多利亚时代的人，因为那个时代有障碍。我都忘了我曾经想过这个问题，我想男性作家比女性作家更多地考虑爱这个主题，他们还是会写爱情小说。这些男性小说家对爱情还是非常有信心的。我想不到有哪一个好的女性小说家对爱情不是持有怀疑或是嘲讽的态度的。当然，也有可能她们的策略是"虽然这个东西是存在的，但最好不要去提它"。

19世纪一个非常有名的女权主义者曾说过，"生活一定不只是大家聚在一起学习怎样做帽子"——那个时候女人们总是在一起一边给帽子插花一边讨论爱情——于是她拒绝了这种生活,开始思考。

吴永熹：我想你可以算是一个女权主义者。但你似乎对于女性主义的学术研究非常怀疑,在《占有》和其他书中,你常常对女性主义研究者大加嘲讽。

拜厄特：是的,我是一个女权主义者,但我是一个政治上的女权主义者。我对女性主义的文学批评是非常怀疑的。虽然其中有些研究是很好的,但我不满的是,在她们开始去研究一个问题之前其实就已经找到答案了,因为你必须找到一个女性主义的"信息"。这就意味着你根本不用去读书,而我认为你必须先去读书再去看它说了什么,但女性主义者只是去书中摘取信息,在不同的选项上打钩。

我想说的另一点是,在美国和法国,女性写作的传统是要比男性写作弱的。美国文学是极端男性主导的,虽然美国也有像艾米莉·狄金森这样伟大的女诗人,但如果你去看美国小说,从整体上看,所有伟大的美国小说几乎都是关于两个男人之间的友谊的——以及一个偶然碰到的女人。在法国,作家有一个非常严格的等级,总的来说,最好的作家中没有女性。女性主义的文学理论是从美国和法国起源的,它的主旨是我们要战斗,人们不承认伟大的女性作家,我们必须为她们伸张权益。但事实上,在英国文学史上,好的女性作家一直都是和男性作家一样多的,我们没有美国和法国那样的问题。但是我们的学院从他们那里进口了女性主义理论,或者说它们的理论主张。然后,我们开始有了一代学者,专门去寻找那种"弱势女性"。对这一点我的感觉非常非常强烈。在我之前的那一代女性作家可能是比男性作家更强的,而且人们都知道她们要更好。我们有艾丽丝·默多克、缪丽尔·斯帕克、多丽丝·莱辛,以及后来才开始写作的佩内洛普·菲兹杰拉德,在男性那边我们有威廉·戈尔丁、安格斯·威尔逊(Angus Wilson)、金斯利·艾米斯、安东尼·伯吉斯。如果你去看在有了女性主义之前的英国报纸,你会发现,评论家——不管男评论家还是女评论家——都会说:这是一位重要的小说家,她的名字叫艾丽丝·默多克。性别不是一个问题。然后,大学里的评论家将它制造成了一个问题。接着发生了什么呢?女性作家开始写那种关于女性的小说,写得非常小心,格局很小,着眼于爱情,对其他事情几乎一概不关心。我认为那真的是一个悲剧。

我不知道你有没有读过安吉拉·卡特。安吉拉是不一样的。她是一个激进的女性主义者,但是以一种非常好的方式,她重写了许多童话故事,在她的版本中女性是非常强大的。但很不幸她在一个错误的年纪去世了,在她只有五十二岁的时候。在她之后就没有人那样做过。当然，现在我们有了新一代的女性小说家，她们也是女性主义者，但是是一种不同的女性主义者，她们不觉得自己是处于弱势地位的，相反她们非常有趣。比如，像阿莉·史密斯这样的作家，她写的很多故事都像是寓言。她的故事十分难以形容，但写得非常奇妙。比如说，她有一个故事，是写一个女人走到街上爱上了一棵树，然后她把那棵树带回家种到了地窖里，她爱它，她有一个情人，他们两个都很爱它。她是这么写的。她写的完全不是那种英国的社会小说，不像上一代的女作家一样关注女性和家庭，写一些悲惨的家庭主妇怎样被困在家庭生活陷阱中的小说。

吴永熹：感觉她找到了小说的新的可能性。这是一种新的看世界的方式。

拜厄特：是的，我想是一种新的讲故事的方式。你去讲不真实的故事，以改变人们看待真实世界的方式。

吴永熹：听起来有点像意大利作家卡尔维诺。我热爱他的所有小说，特别是《看不见的城市》。

拜厄特：是的，我热爱那本书！我们四月份的时候去了威尼斯，那几个星期感觉就像在"看不见的城市"中一样。你读过他的《意大利童话》吗？我觉得那本书也非常棒。

吴永熹：是的。我想起了卡尔维诺，因为他的书都很怪，但却不是和真实的世界脱节的，你在其中几乎可以找到人类全部的情感和经验。

拜厄特：是的，他的故事不只是奇幻故事，你不会想用"奇幻"这个词。我想阿莉·史密斯从卡尔维诺那里学到了很多东西，学到了很好的东西。

吴永熹：回到刚刚女性主义的话题。在我看来，女性主义学者似乎对性的问题过分着迷。比如《占有》中就有一个女学者将一切都从性的角度加以解读。我非常不理解这一点。

拜厄特：你是指性取向，比如同性恋或是异性恋，还是笼统的性问题。

吴永熹：笼统来说。

拜厄特：我想我们身处一个对性过分着迷的社会，我不喜欢这一点。如果你去看英国报纸，你会发现，每份报纸里面会有六到八篇谈性的文章，以及无数的穿着暴露的女性的照片。我们有那种专门教人提高性技巧的专栏。我觉得在中国应该没有这个，我们有这种专栏，它们真的是非常恶劣。这还是在非常值得尊敬的报纸，比如《卫报》里面，一周三次你会读到这样的文章。可能它们也会帮到很多人，但与此同时，它会让这个社会显得没那么严肃……或者更准确地说，不够复杂。

吴永熹：你的博士导师确实曾对你说过"所有从一流学校毕业的女生都希望自己能够写一本好小说，但没有一个人可以"吗？

拜厄特：她确实说过这句话。她也说过所有学者都必须生活得像修女一样。我要结婚的时候她对我非常生气。我当时想，这很不好。然后她很好，对我坦白说她不能用法语读普鲁斯特。我想，我可以读，于是我就去书店买下了普鲁斯特的所有书。我开始读普鲁斯特，并变成了一个小说家，停止了当一名学者。我想她以一种奇怪的方式帮助了我。我的这位老师是一个17世纪（文学）的学者，在那个年代非常有名。我有一个好朋友在荷兰的一所大学里教书，他对我说她做的所有研究都是错的。她的研究是错的，她也不应该刺激我。

吴永熹：很显然，写作对你来说比学术研究更重要。但你在英语系的教育对你的写作有帮助吗？

拜厄特：有帮助。我只是单纯地认为，阅读对写作有很大帮助。如果你去参加年轻作家的聚会或是文学节，你会发现，有些天真的作家会说我不读太多书，因为那会损害我的风格。对此我非常生气。我说，如果你不保持大量阅读，你的风格会一成不变。不读书的那些人彼此写的是很像的。只有一点，尤其是对于那些学习英语文学的人来说，你有可能读得太多以至于永远都不可能开始写作。我想我是自己闯出了一条路，因为我需要阅读，我一直不停地读，直到我可以写作。但我不建议所有人都这么做。我们这一代在剑桥的学生当年是很认真地学习文学的，我们相信它很重要，将会改变世界。我想我是其中唯一一个变成小说家的。我的同学有几个去了大学，更多人变成了很好的中学老师，教书取代了对文学的信仰。我们当时所受的教育对写作确实并没有什么帮助。

吴永熹：在《占有》的结尾，罗兰突然发现，他准备好做一名诗人了。我觉得这是全书中极具超越性的一个时刻。看起来有点像你的自身经历。

拜厄特：嗯……《占有》的整个主旨是写作比批评更重要，同时，我认为，写作比写作者更重要。我认为诗歌比诗人更重要。罗兰是出于对诗歌的爱才变成一个诗歌评论者的，当他发现他可以成为一个诗人的时候，那确实是一个超越性的时刻。我是在学院里面写这本小说的，总体来说，那些教授认为他们可以评判诗人、评判诗歌，他们认为他们说的是更重要的。这是我为什么要去写那些诗的原因，诗歌必须在场，因为诗歌比评论家更重要。这很难，但我必须这么做。

吴永熹：你写得很好。

拜厄特：我的经历是很像书中罗兰的经历，我想这是为什么我可以写出那个超越性的时刻。我的编辑是一个诗人，我对他说，我会在书中写一些不知名的诗人，然后他说，你要自己去写那些诗。我从来没有把这两件事情联系在一起过。我确实当天晚上就回家写了维多利亚式的诗歌。我不会写英语现代诗，我只会写维多利亚时期的诗。不过在我的下一本书中，会有"一战"时期风格的诗歌。很有趣，我一直被逼着去写诗，我觉得我应该为这本书去写一些超现实主义诗歌。

吴永熹：很有意思，听起来好像如果你想去写，你就可以写。

拜厄特：这叫"腹语术"。

吴永熹：你也写过很多的批评文章。你曾经对一个《巴黎评论》的采访者说你写的评论是"作家评论"，那么你怎样定义"作家评论"？你怎么比较你写的评论和一些其他作家的评论，比如说 J.M. 库切，约翰·厄普代克，或者米兰·昆德拉？

拜厄特：我想我和他们的评论都可以归为"作家评论"。嗯……我通常会在不懂一件事情的时候去写评论。我写评论是为了去理解。比如我去写关于艾丽丝·默多克的评论，是因为我不懂她的小说，所以我开始去写，直到我弄懂了为止。有一些人的工作是专业为报纸写评论，他们行使权力，创造品位，我认为这两件事情都不是什么好事情，我不想这么做。如果有人给我寄了一本我不喜欢的书让我写评论，我不会写，我会把书退回去。当然我也会去评论一些年轻作者的书，当我看到一些非常好的东西并且希望把它们介绍给读者的时候。但最主要的，我的评论是写我不懂的东西，这样在写作的过程中我可以有所学，有所收获。

E.L. 多克托罗

想要当一名好作家,你必须要有一种『越轨』的感觉

E.L. Doctorow

E.L.多克托罗的夏屋位于纽约长岛东部的小村萨格港（Sag Harbor），距离曼哈顿两小时车程，每年夏天他都会和家人在那里度过。我和他的采访约在六月，和作家通邮件时，他提出我可以选择我们是在萨格港还是曼哈顿岛上见面。或许是出于对位于长岛几乎最东面海角上的萨格港的好奇——也出于对美国公共交通便利性的误解——我提出我们可以在萨格港见面。

那天的行程当然十分辗转。我先是坐了一趟通勤火车到达曼哈顿，再从曼哈顿坐上一趟每天只有几班的双层巴士去往萨格港村。巴士一直向东，沿途车辆渐渐减少，似有驶向世外桃源之感。公交到站，一下车就闻到一阵海水清冽的咸味。也许因为正值暑假，又是午休时间，小镇安静异常，在明亮的阳光下像是在酣睡，只有公交车载来的半车乘客带来了片刻的喧闹。采访当天我和多克托罗通过电话，他说会来公交车站接我。我环视四周，不一会儿就看到一个小个子的老人在一辆吉普车旁向我挥手。我有点惊讶多克托罗竟然是自己开车来的，后来想想倒也正常，在美国八十多岁仍坚持独自开车出行的老人比比皆是。我走向多克托罗，他笑着轻声问我，你就是吴小姐吧？他当然不会弄错，我是那辆车上唯一的亚洲女乘客，而他的照片我早已经在网络上和书封上看过很多次了。

　　多克托罗载着我在萨格港整洁的小路上穿行，周围多是维多利亚，甚至乔治亚样式的老房子。我在行前做过功课，这是一座历史悠久的小村，得名于1709年。不多久我们就到达了多克托罗海边的房子，车道在屋后，旁边有一小片草坪。我们穿过走道绕到屋前，视野一下子被蓝色的大海填满。多克托罗领着我穿过屋前的小花园来到前厅，他的太太海伦已经在那里等着我们。我们在长餐桌前坐下，多克托罗问我是不是饿了，原来海伦已经为我们准备好了三明治。我有些诧异，也有点感动，因为我知道在美国人看来，和别人一起吃饭是一件非常重要的事，虽然我们吃的只是一顿便餐。海伦为我们端来食物便走了，我和多克托罗吃完饭，闲聊了一会儿之后就开始了我们的正式采访。

多克托罗1931年出生在纽约市的布朗克斯,是第二代俄罗斯犹太移民的儿子。多克托罗是在一个热爱艺术的家庭中长大的,他的父亲在布朗克斯经营一家乐器店,母亲则喜欢弹钢琴。多克托罗的原名是艾德加·劳伦斯·多克托罗(Edgar Laurence Doctorow),是根据大作家埃德加·艾伦·坡的名字取的。埃德加·艾伦·坡也是多克托罗最早阅读的作家之一,在那些奇异和惊悚的故事中,多克托罗找到了阅读的快感,也听到了最早的来自写作的召唤。在那些激动人心的文字背后,一个细小的声音询问:这一切是怎么被创造出来的呢? 在多克托罗看来,这是在一个后来会成为作家的人身上必然会发生的事情。

多克托罗最为读者熟知的是他的历史小说,他的作品就像时间胶囊一样封存住美国历史的不同切片:《拉格泰姆时代》中五光十色的20世纪初叶;《世界博览会》与《比利·巴思盖特》中的20世纪30年代;《大进军》中的南北战争;《但以理书》中的20世纪60年代……多克托罗说,书写历史并非有意为之,但确实和他在纽约的成长背景有关。多克托罗出生在纽约的布朗克斯区,而镀金时代之后又是纽约历史上急剧变化的时期之一。变动不居的纽约无法像福克纳的密西西比小城那样给予多克托罗一种记录本土的稳定感,而选定某个历史时期则为他想要讲述的故事提供了边界。

与多变的纽约城一样，多克托罗小说的题材与风格也总是在变。与成名作《拉格泰姆时代》的拼贴与反讽不同，他最新出版的《世界博览会》则是一本私密的小书，一部关于大萧条时代纽约的动人的童年回忆录。然而，即便是在最简单明晰的作品中，多克托罗也会用心探索新的叙事工具。对他来说，小说艺术的关键词之一是"越轨"。在他看来，越轨意味着思想的自由，"而只有在这种自由中，你才能找到真理"。

多克托罗声音轻柔，语速缓慢，给人的感觉就是那种异常平和与温柔的人。在一个半小时的采访中，他思路清晰，表达敏锐，一直保持着高度的集中。只有在我宣布问完最后一个问题、采访结束的时候，他才长吁了一口气，半开玩笑地说，你真是给了我一个大任务！我急忙向他道歉，解释说我只是想做一次尽量全面的采访。他笑着说没关系，他很满意我们当天的采访。我问他有没有在继续写作，他回答说有。就在当年，他还出版了长篇小说《安德鲁的大脑》。在回去的路上我还有些自责，心想自己是不是把年逾八十高龄的多克托罗老先生"压榨"得太厉害了？但转念一想，这也是因为老先生本人一直保持着兴致，不然就算我问题准备得再充分恐怕也不会那么顺利。而我估计这样的机会恐怕也是只此一次了。

一年后，当我从《纽约时报》上读到多克托罗去世的消息时我感到错愕极了。一年前的夏天去萨格港的一切情景还都历历在目，老作家的音容笑貌仍如在目前。尽管只相处了短短的一个下午，但这位取名埃德加·艾伦的犹太裔老作家已经用他的亲切、智慧和温暖在一个陌生中国记者心里留下了自己的印记——如同他留下的作品一样，被封存为一种永恒。

吴永熹：我会从你写作生涯的起点开始。我听说你在九岁的时候就认定自己是一名作家，这是怎样的一种情况呢？有一个类似神启的瞬间吗？

多克托罗：并没有。我是一个读者，我想写作主要是因为我对这些书的作者产生了认同。在那个年代，电视还很原始，想看电影的话得去电影院，当然也没有网络，所以，阅读是人们最主要的消遣。我家里所有人都是读者，我的母亲、我的父亲、我的哥哥都是，我本人也是。我那时会去公共图书馆借一大摞书回来，一个礼拜以后又回去借新的。我记得最早读到杰克·伦敦时的感受，他写下了许多发生在遥远的阿拉斯加育空河的故事。我当时想，这些故事是多么美妙啊！它们让我感到自己正在经历一种全新的生活，仿佛我本人就身在遥远的北极，四处历险，尝遍悲喜，拥有一望无垠的广阔视野——仅仅是因为那些印在纸页上的字句。所以，在九岁时我就认定自己也是一名作家了，虽然那之后的一些年里我什么也没写。

此外，我的名字是根据一位美国作家——埃德加·艾伦·坡——起的（注：E.L. 多克托罗全名为埃德加·劳伦斯·多克托罗），我想这也发挥了某种潜在的影响。当我在中学时代开始写作时，我开始模仿艾伦·坡，写了一些鬼故事、发生在地牢里的故事。高中时我开始阅读诗歌，主要是英国和美国现代诗人的作品。

吴永熹：你是从什么时候开始决定认真写作的呢？

多克托罗：应该是二十四五岁的时候。我大学是在肯庸学院上的。当时肯庸学院有一位著名的文学评论家，也是一位诗人，他的名字叫约翰·克罗·兰色姆，我在他的班里上过课。不过我主修的是哲学，我对哲学家关心的问题非常感兴趣。也是在肯庸学院的时候我开始对创作戏剧感兴趣，后来我又去了哥伦比亚大学英语戏剧专业读研究生。这些年都可以被看作我用来寻找自己的"声音"的时期。这是几乎所有年轻作家都要经历的阶段，试试这个，试试那个，努力找到自己的声音。

在哥伦比亚只读了一年我就参军了，我去德国待了两年。我的第一部小说是在退伍之后才写的，而且写这本书也几乎是个意外。退伍后我在一家电影公司找到了审读员的工作，我的任务就是大量读书，看看有没有可以被改编成电影的故事。那是20世纪50年代，当时西部片非常流行，所以我需要阅读大量的西部小说，并为公司高层撰写评估报告。在此过程中我产生了一个想法，想要创作一篇关于西部小说的反讽之作，带着这个想法，我写了一个短篇。我的上司读过之后对我说它是一篇很好的小说，建议我将它扩展成长篇。我照做了。不过，写着写着，我改变了最初的想法。我对这些通常用来炮制商业类型小说的廉价材料认真起来，希望写出一部值得阅读的作品。这本书叫作《欢迎来到艰难时代》，我很快就为它找到了出版商。书出版的时候我二十八岁。它只是获得了小小的成功，但是通过它，我坚定了自己当作家的信念。这本书现在还在版。

吴永熹：你提到在大学时期想过要当一名剧作家，但后来你决定要写小说。在你看来，剧作家与小说家之间的主要区别是什么呢？

多克托罗：这是一个很好的问题。小说与戏剧是两种完全不同的艺术，很少有人能将两者都掌握得很好，除了契诃夫和贝克特，就数不出几个了。剧作家用来实现自己想要的艺术效果的方法相对较少，它们几乎都需要通过独白、对话来实现。而对于小说家来说，对话只是他能用到的大量工具中的一种。

从更现实的层面来说，当你写小说的时候，你只需要说服出版社的一名编辑就可以了，但当你为剧场写作时，你要应付的还有制片人、导演、投资人，你要和他们一起合作。你需要不断抗争，才能看到作品以自己想要的形式上演。写完剧本时，工作才刚刚开始。

吴永熹：我想，谈论你的作品不可能不提到你将历史编织进小说的取向。你曾说过你偶然意识到"一段历史时期就像一个地理区域一样能成为很好的构建小说的支点"，这极大地影响了你的创作方向。我觉得20世纪10年代至20世纪30年代之间的历史时期是你最钟爱的一个时期，是什么让你对这段历史时期如此感兴趣呢？是因为这一时期有很多有趣的事情发生吗？

多克托罗：在《拉格泰姆时代》——我的第四本小说出版后，我的编辑对我说，你有没有意识到你习惯将故事设定在过去？但其实我并没有自觉地意识到这一点。所以，我并没有一种刻意将历史引入故事中的冲动，一定是其他的东西在起作用。这个问题我已经被问过不止一次了，这是我想出来的解释：我是在纽约长大的，这是一个变动不居的地方。虽然我的好几本书都设定在纽约，但我从来不觉得纽约是我的"地域"，而我自己是一名"地域作家"。在美国，我们有"南方作家""西部作家""中西部作家"，他们的写作全都依赖于一个地方所提供的稳定性——例如福克纳的密西西比、薇拉·凯瑟的内布拉斯加。他们生活在一个变化极为缓慢的农业社会，他们的作品致力于记录这样的社会，正是在这个意义上他们是地域作家。而在纽约城，事物永远在变化。纽约城不会给我一种永恒的感觉，因为我每一次转身时都会有一栋旧楼被拆掉,一栋新楼拔地而起。每一个十年都有来自不同国家的移民在移民社区扎下根来,甚至连商店里售卖的食物也在不停地更新。如果你书写纽约,你处理的主要是不同的年代,更甚于一个固定的地点。所以,福克纳有他在密西西比的一块地,而我则有20世纪的某个十年,它会给我想要讲述的故事提供边界。

不过,你的问题不是这个,对吗?你问的是为什么有些历史时期对我更具吸引力?

吴永熹:是的,不过你关于历史的说法很有意思。

多克托罗:的确,《鱼鹰湖》、《世界博览会》与《比利·巴思盖特》都是设定在20世纪30年代的,《但以理书》的一部分也是。这可能仅仅是因为20世纪30年代是我的童年时代,所以对于那一时期,我有着非常敏锐而强烈的印象,而那是写作十分珍贵的材料。对作家来说,任何材料都是可用的,这当然也包括你的记忆。并且,童年从本质上来说是一个异常丰富的时期,世界对你来说是崭新的,你吸收着一切信息。这一时期的生活为你提供了资源,它拥有其他时期所不具备的活力。当然,20世纪30年代也是美国历史上极为艰难的一个时代,时值大萧条,又处于两次世界大战之间,所有人都知道第二次世界大战即将来临。作家怎么会对此无动于衷呢?

吴永熹：在《拉格泰姆时代》中，你在处理诸如 JP 摩根、埃玛·戈德曼这样的历史人物时给了自己相当程度的自由。这是你第一次意识到书写历史人物可以这样做，你并不需要做太多研究也能写好他们吗？

多克托罗：我在前一本书——《但以理书》也做过类似的事，不过，确实是在《拉格泰姆时代》中我第一次将它用作一种反讽的手法。要知道，名人会在作家研究他们之前许久就编造好了关于自己的"小说"。如果你想要读关于 JP 摩根的虚构作品，我推荐你去读他的官方传记。我对摩根的研究主要集中在他的一幅照片上，看到这张照片对我来说就够了，我不需要更多。我在写他的时候确实略去了他的一些重要成就，例如，1907年，他几乎以一己之力阻止了美国的金融危机。不过，在我看来，小说的定义之一是"由一系列观点组成的美学系统"。如果你去读托尔斯泰的《战争与和平》，你会发现他笔下的拿破仑是一个马都骑不好的小个子胖男人，生气的时候肩膀会颤抖起来。读者应当可以领会到，作家笔下拿破仑生理缺陷的程度，与横尸欧洲的阵亡士兵的数量相当。

我很早就意识到，想要当一名好作家，你必须要有一种"越轨"的感觉，你必须要感到自己正在蔑视规则，挑战礼法——不论是来自家庭、教会，还是政府的。如果你在越轨，这意味着你的思想是自由的，只有在这种自由中，你才能找到真理。只有拥有这种感觉时，我才感到自己的写作是成功的，我交付的作品是有持久价值的。写作的活动需要勇气，所幸，不管我们的国家有什么问题——我们有不少问题——审查绝不是其中之一。从来没有人建议我要留心自己写的东西，建议我自我审查。

吴永熹：你不仅在写作方法上会"越轨"，你笔下的人物也常常是喜欢"越轨"的人。他们常常过着某种极端的生活，或是处于文明的边缘，比如隐居在纽约的囤积者霍默与兰利兄弟，比如《比利·巴思盖特》中的黑帮。你为什么会对这些边缘人格外感兴趣？我想这些角色既为作家提供了机会，也为他们带来了挑战——一方面，他们无疑要比普通的中产阶级白领人士更有趣，另一方面，想要将他们刻画好并不容易。

多克托罗：作家并不会以一种理性的、有计划的方法来选择他的写作题材。《纽约兄弟》的起源很简单，这对兄弟是所谓的"囤积者"，家里的每个房间、从地板到天花板都堆满了一生收集起来的各种东西。这对古怪的兄弟在大都市过着隐居的生活，去世时则成了报纸头条。当警察和消防员将海量的废物清理出去时，围观的人群蜂拥而至。我一直记得他们，也一直对他们的故事很感兴趣。你会带着某些想法和感情生活许多年，然后它们会出其不意地跳出来。有一天我发现自己写下了这样一个句子："我是霍默，眼盲的弟弟"。这时我才意识到我要开始写关于科里尔兄弟的故事了。不过，我对他们的症状的医学层面不感兴趣，我是将他们当作"神话"（myth）来处理的。面对神话，你要做的是解读神话。在我的故事中，这对古怪的囤积垃圾的兄弟不经意间成了美国文明的收集者。

吴永熹：在写这样明显有事实依托的书时，你怎样协调记忆与想象？

多克托罗：想象力是主导。你记起的是你的想象力选择去记起的。

吴永熹：就写作方法的层面来看，你还将口述史当作一种叙事手段。在《世界博览会》这部半自传性的作品中，故事的主线由小男孩来讲述，但是母亲、哥哥、姑母的口述也是故事的有机组成部分。

多克托罗：这本书是20世纪80年代写的。当时，在年轻的历史学者中开启了一种风潮，他们开始研究教堂档案、社区档案、公共事务记录、普查报告、家谱等等，因为他们认为历史不仅是由政府、军队与名人构成的，想要完整记录一个时代还必须考察普通人的日常生活。这股风潮中的一个分支就是口述史。当时，一位叫作斯塔兹·特克尔（Studs Terkel）的记者对它的流行也起到了作用，他写了好几本口述史的书，为此去全国各地采访了不同的人。他有一本书叫作《工作》(*Working*)，在这本书中，各种不同职业的人会讲述在美国工作是怎么一回事。事实上，写小说的人都是机会主义者——你会用一切办法让你写的东西显得真实可信。在《世界博览会》中，我用了我的母亲、哥哥、姑姑等人的声音，就好像我做了关于他们的口述史记录一般。虽然我并没有采访他们。

吴永熹：对你来说，为每一本书找到正确的声音困难吗？

多克托罗：我的假定是，在我的书中没有我的声音，每一本书都有一个它自己的声音——这是这本书自己的声音，而不是我的。在有些书，例如《比利·巴思盖特》和新书《安德鲁之脑》(*Andrew's Brain*)中，我立刻就找到了正确的声音，写作过程非常顺畅，这是很幸运的。但有些书却很难。在写《但以理书》时，因为一开始我用的是错误的声音，我不得不将头150页全部作废。我用了那么久才意识到要用儿子但以理的声音来写。不过，一旦我意识到了这一点，那本书就很顺利了。所以，你确实需要找到正确的声音——书本身的声音，而且一段时间之后书本身会告诉你下一步该怎么走。你不再掌控一切，书本身在掌控一切。

吴永熹：开始写作多久之后你会得到来自书本身的指导呢？这是在很早就发生的，还是在写作过程进行了相当一段时间之后？

多克托罗：你可能马上就能找到一本书，它会指导你使用什么声音，怎么往下写，你依从它的指示来写作。这是一个很难理解的概念——你必须通过写作来发现你在写什么，然后所有事物都联系在了一起。这或许在第二页就发生了，或许要到第二百页才发生。许多作家都谈论过这个问题，但他们会使用不同的形象。例如，马克·吐温说如果一本书不会自动书写它自己的话，他就不会继续往下写。事实上，他会中途停下来，在创作《哈克贝利·费恩历险记》的时候他就等了七年。大作家索尔·贝娄说他写作的时候感觉自己就像灵媒，就好像有人在从上面掌控他一样。就是这种感觉。

吴永熹：对你来说，这是一切进展顺利的迹象吗？如果没有这种感觉，你就知道有什么事情不对劲？

多克托罗：有事情不对劲的迹象经常是非常微小的，作为专业作家，你的训练之一就是接受这迹象会非常微小这一点，并学会怎样辨别它。

吴永熹：你出生在一个俄罗斯犹太移民的家庭。犹太身份是你作品中的一个显要元素，但它对你来说却远不像对其他著名犹太作家，例如索尔·贝娄或菲利普·罗斯那样占据核心地位。

多克托罗：这可能和我们各自与移民那一代人的距离有关。就我个人而言，我的祖父母和外祖父母都是青少年时期就来到了美国，那是19世纪80年代。我的父母与他们的兄弟姐妹都是在纽约出生的。因此，我与那个携带着自身文化传统的古老世界有着不少距离，这可能解释了为什么我的犹太身份——用你的话来说——并未像在贝娄或罗斯的作品中那样，占据核心地位。

但我想这其中还有更多个人因素。我的家庭很有趣，虽然我的母亲严守教规，但我的祖父和父亲都是坚定的怀疑主义者。所以，我是在完全相反的两极中长大的。我无法接受一种要求我放弃自己的智慧的信仰体系，不过，我却为犹太教的仪式感及其带给人们的力量所深深感动。我拥抱它的文化和遗产，并为自己是世俗的犹太人文主义者的一员而感到自豪。

吴永熹：你的家庭对你成为一名作家一定有所帮助。你曾说过你的父母都很会讲故事，你说"他们是那种人，有趣的事似乎特别容易在他们身上发生。他们所说的也不过是一些日常凡俗之事，但一经他们的讲述，就显得别具深意。"这让我想起马尔克斯说过的一句著名的话，他说《百年孤独》用的是他祖母的讲故事的方式。你认为你父母讲故事的方式对你的写作有什么影响吗？

多克托罗：讲故事是他们组织生活的方式。在大萧条时代，我的父亲艰难地供养着一家人，回到家后他会向我们讲述他的这一天过得是多么难，某人做了某件坏事，而他需要怎么应对。我的母亲也是一个很好的故事讲述者，我的哥哥、姑姑和姑父们都是。我很幸运，可以听到他们讲故事。小时候我经常在听大人说话，我偷听了很多不该偷听的谈话！这是人们应付艰难的日常生活的方式。但在这生活中也有幽默，还有极大的智慧。总是有一个关乎道德的问题，对我的母亲来说尤其如此。她会告诉我们某个女人对她说了什么特别无礼的话，告诉我们这个女人所过的是怎样的生活，她会说你能想到这个女人会说这样的话，是因为她的生活是这个样子的。所以，通过这些精彩的故事，他们将日常生活从道德的层面上组织起来。当时我并不认为这对我有什么用，但它的确是特别的，并且确实产生了影响，我很确定这一点。

吴永熹：初学写作的时候，有哪些对你来说很重要的作家吗？

多克托罗：哦，他们很重要。英国作家中我喜欢狄更斯、托马斯·哈代，之后是康拉德、DH 劳伦斯、EM 福斯特、伊夫林·沃、乔治·奥威尔。这是一个漫长的名单。俄国作家当然有托尔斯泰、契诃夫、屠格涅夫、陀思妥耶夫斯基。法国有福楼拜、雨果，之后是路易-费迪南·塞利纳、萨特和加缪。德国作家中有海因里希·冯·克莱斯特、托马斯·曼、布莱希特。在美国作家中，所有耳熟能详的名字都为我提供了养分：梅尔维尔、马克·吐温、霍桑，当然还有艾伦·坡，诗人中有艾米莉·狄金森、惠特曼，进入20世纪则有海明威、菲茨杰拉德、约翰·多斯·帕索斯，以及现代诗人——杰拉德·曼利·霍普金斯、叶芝、弗罗斯特、TS艾略特、奥登。

吴永熹：但他们从未成为你的负担？这对很多刚起步的作家来说是一个很大的问题。

多克托罗：没有。我从不觉得他们是我的负担。我从他们所有人那里都学到了东西。

吴永熹：你目前在写什么东西吗？

多克托罗：在写。我还不是十分理解它，所以不能向你描述它，但是它很有意思。

吴永熹：我期待读到它。我很钦佩你仍在继续工作。与你同龄的一些作家已经宣布退休了，比如菲利普·罗斯，比如艾丽丝·门罗，当然门罗后来说她可能会改变主意。

多克托罗：门罗的身体不好。我听到的是她说她在重新考虑退休的事，她又有了一些关于故事的想法。听起来似乎有希望。她是一位极好的作家。

吴永熹：所以你喜欢门罗的作品？

多克托罗：她是一位大师。她的短篇小说读起来就像长篇。它们与传统短篇小说的写法很不一样。她的故事有延展性，并且总是极为准确，它们准确地反映了人们思考与谈论问题的方式。

吴永熹：很高兴听到你这样评价她。你们的作品是那样不同。

多克托罗：我们都是不同的。著名的钢琴家亚瑟·鲁宾斯坦谈论过这件事。在他的时代还有一位伟大的钢琴家，弗拉基米尔·霍洛维茨，人们总是在比较他们俩。在一次访谈中，记者问起鲁宾斯坦怎样看待霍洛维茨，他的回答很有启示性。他说，我不会去想他，我不会与他比较。我只身一人。我只身一人面对作品。就是这样。你不会去想其他的作家。每个人都是不同的，没有必要将任何人做任何比较。我们都是只身一人。

如果你听不到
人物说话的声音,
就不要动笔写作

萨尔曼·鲁西迪

Salman
Rushdie

因为一本禁书和长达十年躲避追杀的生活，印裔英语小说家萨尔曼·鲁西迪成了全世界最著名的作家之一。2000年初，在伊朗宗教领袖解除了对他的追杀令后不久，鲁西迪便移民到了美国纽约。也许是为了向曾经的地下秘密生活抗议，据说鲁西迪在美国颇过了一段"派对男孩"的生活，人们可以在几乎所有文学派对上看见他的身影，而他和印裔影星帕德玛·拉克希米的婚姻也成为小报媒体津津乐道的素材。好在鲁西迪这种罕见的"名人待遇"并没有离开英语传播区太远，在世界的其他地方，人们对他的兴趣依然聚焦于他显赫的文学成就。

也因为那场风波，鲁西迪的名著《午夜之子》迟至2015年才在中国出版，我也有幸借机对他做了一次简短邮件的采访。2017年，历史题材小说《佛罗伦萨的神女》和《摩尔人最后的叹息》中译本相继推出，我又通过鲁西迪的经纪人得到了一次珍贵的当面采访的机会。采访约在纽约布鲁克林区的一家名叫"否"的独立小画廊，地点是我找的，出于安全方面的考虑，鲁西迪从不在家接受记者采访。那天鲁西迪是坐地铁来的，我问他地方好不好找，他说很好找，事实上他的一个作家朋友就住在附近。一走进画廊，鲁西迪就让人感到了他巨大的存在感。不可否认，这和他的名声当然不无关系。但这又不仅仅是因为名声，在那个时候，我已经接触过不少有名的作家了。这是许多因素混杂在一起所形成的一种气场，因为他自信的步伐，壮实的身材，巨大的脑袋，以及那双灵活的、看似洞悉一切的眼睛。

萨尔曼·鲁西迪1947年出生于印度孟买一个穆斯林家庭，恰好是印度独立的那一年。鲁西迪的父亲是一位商人，思想开明。这位剑桥大学的毕业生热爱哲学，是12世纪阿拉伯哲学家伊本·鲁世德（Ibn Rushd）的信徒。伊本·路世德思想开放，是当时著名的亚里士多德学者与翻译家，试图将希腊哲学中的理性精神、科学、逻辑引入伊斯兰教，并因为这些激进思想遭到了当时宗教权威的迫害。尽管并非信徒，鲁西迪的父亲对伊斯兰教却有着强烈的兴趣，一直试图从世俗视角思索这个为身边几乎所有人追随的宗教的起源与问题。事实上，鲁西迪（Rushdie）这个姓氏并非萨尔曼家人的本姓，而是父亲根据鲁世德改的，可以看作父亲对这位12世纪思想家的终极致敬。鲁西迪家族原本的姓氏是德拉维（Dehlavi）——一个体面的旧德里姓氏，鲁西迪在自传《约瑟夫·安东》中说。

因为年幼时家境优渥，鲁西迪接受了良好的教育。他小学时入读了英语学校，十三岁时被父亲送到了英国著名的语法学校拉格比，之后顺利考入了剑桥大学。在父亲的母校剑桥大学，鲁西迪主修历史，但是此时他已经开始想要写作。不过，从种下写作理想到写出成名作《午夜之子》，中间是漫长的试炼与等待。而更难熬的是，鲁西迪的同辈作家中不乏年少成名的早慧者，例如伊恩·麦克尤恩和马丁·艾米斯，二者迄今仍是英国文坛的中流砥柱。在写出《午夜之子》之前，鲁西迪靠为广告公司撰写文案谋生。这段时间鲁西迪写过不少他认为"不忍卒读"的作品——包括一本未发表的糟糕的意识流小说，以及他的第一部作品、有着科幻设定的《格里姆斯》。多年以后鲁西迪才意识到那一时期写作困难的根源。那是一种对于自我的迷失，在远离孟买后，他对自己成了一个怎样的人有着深深的困惑。作为一名移民，他感到了深切的丧失感与双重的无归属感——对于家园、社区、文化、语言的丧失，和对于印度与英国的双重归属困难。正是在对这种丧失感的思索中，鲁西迪有了《午夜之子》的灵感来源：他要去书写自己热爱的孟买，书写自己在孟买度过的快乐的童年，因为他意识到，为了搞清楚自己成了怎样的人，你就必须知晓自己来自何处。在这个意义上，《午夜之子》既是一种探索，也是一种拯救。写作的过程亦是寻找自我的过程——自我既是写作的根源，也是它的旅程。

《午夜之子》是一本野心勃勃的书。在这本用了五年时间创作的书中，鲁西迪写到了自己关于印度所知的一切：友谊、爱情、家庭纷争、流言、秘密、魔法、诅咒、殖民者、清真寺、街头艺人、政治动乱、印巴分治、英迪拉·甘地……在这本书中鲁西迪发展出了一种独特的叙事语言与写作风格，一种流畅、雄辩、狂欢式的叙事声音。在书中，故事镶嵌着故事，人物缀连起人物，细节牵扯出新的细节，织造出一个复杂、富丽、含混的世界，如同印度孟买忙碌混杂的街头。困顿已久的鲁西迪终于实现了他的"内在作家"，向世人展现了他的博学、睿智和叙事天才，一种普里切特口中的"滔滔不绝地讲故事的能力"。鲁西迪称《午夜之子》是他的那本"包容一切的书"（an everything book），而对于选择如此高难度动作的原因，鲁西迪说，"也许那个年轻的我就是很有野心吧"。《午夜之子》大获成功，不仅获得了当年的布克奖，还成为布克奖历史上唯一一部两次当选"最佳布克奖作品"的小说。

鲁西迪曾说自己是一个"对宗教深深着迷的不信者"，这也许是受到了父亲的影响。在问题意识上,他显然继承了伊本·鲁世德关于伊斯兰教现代化与拘泥传统及原典的两派价值观之冲突的思考。在第四本小说《撒旦诗篇》中,鲁西迪开始思索伊斯兰教的起源,试图为它提供一种"另类解读"。如果向先知传授真主启示的不是大天使加百列而是魔鬼撒旦,这对于伊斯兰教意味着什么? 从《格里姆斯》开始,鲁西迪就惯于在故事中进行哲学思考。不过,在《撒旦诗篇》中对宗教的思考只占小说叙事很小的一部分,镶嵌于主人公的梦境场景中,这当然是一种有意制造距离的叙事策略。但这种策略显然失效了,或者说被刻意无视了。相比《午夜之子》,《撒旦诗篇》为鲁西迪带来了更大的关注与更多的名气,但它显然不是一种受欢迎的名气——伊朗宗教领袖霍梅尼下达追杀令,对鲁西迪进行全球通缉追杀,一时间鲁西迪登上了全世界所有报纸的头版头条。在很长一段时间里,他成了那个"消失在头版中的作家"。在其后的九年里,鲁西迪不得不在英国警察的严密保护下生活。数位与《撒旦诗篇》有关的译者、出版人遇袭身亡。鲁西迪本人为争取《撒旦诗篇》平装本的出版和其他作品的出版展开了长期的战斗。回望那段风暴时期,鲁西迪说,也许是他的作家性格保护了他,因为作家对独处是非常熟悉的。这一次,写作为鲁西迪带来了麻烦,但最终再次成为一种拯救。在这段时间里他写下了深受好评的童话小说《哈伦与故事海》和同样精彩的历史小说《摩尔人的最后叹息》，他多次说是写作帮助他度过了那段生命中最黑暗的时期。

作为一个有过如此狂暴人生经历的作家，和我交谈的鲁西迪却是极为随和、亲切而幽默的。在言谈中他没有丝毫受害者意识与愤怒，有的只是客观的打量与理性的思考。两个小时的采访之后，鲁西迪说他有些累了，这一次他会打车回去。在和我道别之后，他大步流星地踏上了布鲁克林安静的街道。

∴

吴永熹：你从小就会说几种语言吗？在你的成长过程中英语扮演着怎样的角色？

鲁西迪：我是在印度孟买长大的，它过去叫Bombay，现在叫Mumbai。那里几乎所有人都会说好几种语言，只是因为你有这种需要。在孟买，官方语言是印地语，我的母语是乌尔都语，它和印地语有点像；我上的学校是用英语教学的，还有两大方言马拉地语和古吉拉特语，所有这些语言人们多少都懂一点。像所有人一样，我就是在这种语言环境中长大的。

吴永熹：你是什么时候意识到自己想当作家的呢？

鲁西迪：在我小的时候我曾经对我父母说我想当作家，但是小孩子的话不能当真。想当作家是一回事,能不能当作家是另外一回事。不过直到我去上大学的时候,写作还是我希望以后能做的事。

吴永熹:你在剑桥大学里学的是历史,但我读到你的父亲曾想让你转到经济学系。

鲁西迪:是的。我父亲当然觉得历史是一门无用的学科,你没法拿历史学位去找工作,所以最好还是去学点有用的东西吧。幸运的是剑桥大学支持了我,他让步了。

吴永熹:我想是在《约瑟夫·安东》这本书中你写到,你在拉格比语法学校的历史老师告诉你,想要写好历史,你必须要能听到人们说话的声音。

鲁西迪:不是的,是剑桥大学的一个老师这么说的。他是一个才华横溢的老师,他的名字叫亚瑟·希伯特(Arthur Hibbert)。他其实是一位研究中世纪的历史学者,但他在许多课题上指导了我。是他说如果你听不到人物说话的声音就不要动笔写历史。他的意思是,如果你对你的人物不够了解,你就无法讲述好他们的故事。我认为这不仅对写历史是一条好建议,对写小说也是。

我从中学到的一个方法是,在我开始写一个故事时,我首先会去思考故事中的人物是怎样说话的——他们的口音是什么？他们的词汇量是大还是小？他们会说脏话吗？他们的语速是快还是慢？我会问自己所有这些问题，因为我认为当你知道这些问题的答案时，你就已经对这个人物有很多了解了。归根到底，我们在现实生活中彼此了解的一个重要方式就是通过对话，我们通过别人说话的方式来理解别人。所以，理解小说人物的说话方式是创造人物的一个很好的起点。

吴永熹：你的每本书都是这么开始的吗？你是先有人物还是先有故事？

鲁西迪：每本书都不一样。而且一本书在写作的过程中肯定会发生变化，有一句人们常说的话是，你写完的那本书和你开始时想写的那本书肯定不是同一本书。我觉得是这样的。不管你事先做多少计划——你可以有很多计划——但当你开始写作的时候你的思维方式是不一样的。我认为在创造的过程中你的思维会以一种和日常生活中不同的方式运转，你在纸上写下的东西是你事先很难想象到的。然后你需要决定它是好是坏。

吴永熹：你怎么知道它是好还是坏？

鲁西迪：你就是要知道。在那篇著名的《巴黎评论》访谈中，厄内斯特·海明威说，"作家需要的唯一本领就是要有一个好的

'垃圾探测器'"。他的意思是，在读你自己的作品时，你必须知道哪些地方写得不好，或者不够好。我希望这是作家在写作生涯中能通过练习不断进步的地方，但不管怎样这种能力你一开始就要有。

吴永熹：对你来说，这种"批评意识"是什么时候发展起来的呢？

鲁西迪：我觉得要想写作你就必须同时身兼两职。最困难的永远是创造过程本身，那是一个"无中生有"的过程，这是非常难的。当你写下了一些什么，你就必须调动你的批评意识，去思考你写下的东西是好还是不好，怎么可以把它变得更好。我是不是应该把这个部分删掉？我是不是要补充一点什么？是不是有一些事我还没有向读者交代、我必须把它交代清楚？也许叙述进展得太慢了？也许它进展得太快了？你必须充当自己的批评家对它进行评判。但是最难的是你首先要写出点什么。所以我一直对学生说，先写到结尾再说，当你把它写完了，有一个东西在那儿了，你再去用一种不同的眼光、一种批评眼光去看它，这时你可以把它改得更好。但是首先，得有一个东西在那儿。

事实上我的工作方法也是在变化的。在我年轻的时候，比方说在写《午夜之子》的时候，我每天写得比现在多得多，但是写下的东西要更粗糙,我需要做许多修改。现在我每天写得比以前少多了,但是写出来的会更接近成稿,因为我会边写边修改。

吴永熹:能否说说《午夜之子》这本小说的想法是怎么来的?

鲁西迪:开始的时候我只有一个很小的想法,我只是想写一本关于童年的小说,用我在印度的童年记忆为材料。就是这样,我只想写一本关于童年的小书。然后,有一天我有了一个新想法——这个孩子是在一个特定的时间出生的,也就是在印度独立的那个时刻。那一刻我意识到这本小说将会变得完全不一样了,它将不再是一本关于童年的哀愁的小书,而是一本关于历史、关于个人在历史中的互动的更加宏大的书。我突然意识到它将是一个巨大的工程。这个想法当时让我非常害怕,因为我那时候还是一个非常没有经验的作家,我根本不确定我有没有能力去写这本书。它会是一个规模宏大的项目。而且我确实花了很长时间——我用了五年才把它写完,部分原因是我是一边写一边在教自己怎么写,我需要通过写它来学习怎么写它,所以这本书耗时漫长。

吴永熹:我读到你为了写这本书特地回到印度住了一段时间。

鲁西迪:是的。那时我生活在伦敦,在开始写之前我就知道我需要在印度待很长一段时间。我去了，然后花了六个月时间到处旅行。我去了一些我已经很熟悉的地方，因为我知道我要去写它们，我想重新激活我的记忆。我也去了一些我没有去过的地方，因为我感觉书里可能会写到这些地方，比如贝纳拉斯，后来书里确实有一个场景是发生在那里的。所以这次旅行有两个目的，一方面是为了唤起对一些我了解的地方的记忆，另一方面是为了对这个国家多一些了解。印度是个很大的国家，就算你是印度人，去过很多地方，一定还有很多地方是你没去过的，因为它很大。中国也很大，所以你能理解这一点。对这样的大国，不管你对它们是多么了解，一定还有地方是你不了解的，所以我想去多了解一下一两个我觉得书里会写到的地方。在这次为期六个月的旅行之后，我回到伦敦开始坐下来写作。如果没有这次旅行我可能是没办法写好这本书的。最终，这本书是关于我对那个世界所了解、所感知的一切。

吴永熹：《午夜之子》的特别之处就是作家想把一切都放在书中的野心，就像故事中的那个操作西洋镜的人一样，他想从他的西洋镜中看到世界万象。对你来说，这种复杂性、这种包容一切的特性背后有什么哲学诉求吗？还是说这本书的主题决定了它需要这样来写？

鲁西迪：只是因为我就是想写一本这样的书。我就是想写这样一本规模宏大、包容一切的书。我想那个年轻的我就是很有野心吧。我很高兴我成功了。我记得在我刚写完，书还没有出版的时候，我非常不确定人们会对它做出什么样的反应。因为在那时，大部分关于印度的英语作品都是关于西方人在印度的经历的——西方人来到印度，经历了一些事情。但这本书里基本上没有西方人，只有一两个小角色是英国人，但故事主体跟他们根本没关系。那时我想，我想要在英国出版一本小说，有600页的篇幅，它有点奇怪，书里没有英国角色，可能都不会有人愿意出版它吧？我当时非常不确定。所以后来这本书的成功完全是在我的意料之外的。

吴永熹：这本书在印度的反响怎么样？

鲁西迪：事实上非常好。毫无疑问这对我来说才是最最重要的事。我想写的是一本印度的读者会认同的书，一本属于这个国度的书，而不是一本外来人写的书。说实话，如果这本书没有受到印度读者的喜爱，我会非常失望，即使它在印度之外获得了巨大的成功。幸运的是印度读者可以说是爱上了这本书，喜欢它的人非常多，而且它现在依然拥有影响力，我想很多年轻作家会去读它。

不过一本书对年轻作家常常既有正面影响，也有负面影响。有时候你读到一本书时会想：我想像这样去写，或是我绝对不想这样写。这两种影响都是有用的。有时候作家正是通过思考他要避免的东西才找到自己的方法的。正是因为《午夜之子》在印度成了一个现象，所以许多人觉得我不能像鲁西迪这样写，因为写出来的东西会像是模仿品。他们需要去寻找一个完全不同的方向。不管怎样，我对这本书在印度的成功非常自豪，这也是我没有想到的，我曾经对此非常担心。

吴永熹：你曾说过《撒旦诗篇》是当时你的小说中最非政治化的一本，但它却引起了轩然大波。

鲁西迪：很奇怪，有时候一本书的命运会和你设想得完全不一样。我以为《撒旦诗篇》之前的《羞耻》是一本政治化得多的书。它主要写的是巴基斯坦，或者说它的灵感来源是巴基斯坦的政治状况，当时的独裁军政府和民选领袖之间的斗争。我觉得那是一本政治小说。在那本书之后，我想写一本书来探索发生在我身上的事，也就是移民。我成长在印度和巴基斯坦，但我搬到了一个西方国家，在写《撒旦诗篇》的时候我已经在西方生活了很久，所以我想写一本关于移民的小说。

我想写它不仅是因为我的个人经历，还因为移民已经成为20世纪后半期最重要的社会现象，并且至今依然如此。在某种程度上，我们当下生活的时代就是一个"移民时代"，在我们的时代，在地球表面上旅行过的人要比此前历史上的总和都要多。因为突然之间我们有了飞机、轮船、火车，迁徙变得比从前便利得多了，所以人们在到处旅行。如果你去看人们的居住地址，那些居住地与出生地不是同一个地方的人要比此前历史上的总和都要多。一种古老的观念——一个人在某地出生，在那个社区长大，它是你身份意识的一部分——对很多人当然还是有效的，但对另外很多人却不再有效了。对很多人来说，迁徙、去往别处、需要变化与适应是常态。他们需要面对一个重大的问题：你要保存你来自的那个世界的哪些东西？你又要接受你来到的这个世界的哪些东西？这对于人类来说是一个非常复杂的挑战。并且它是一个巨大的世界问题，在当下的难民问题之前很久就出现了。我以为这本小说是写这个的。它的一大部分、90%写的都是在伦敦生活的南亚移民——印度人、巴基斯坦人、孟加拉人——写他们的生活是怎样的。书里写的那个年代存在很多种族问题，在20世纪80年代的伦敦，当时有很多种族歧视和种族冲突，所以那也是我想探索的问题——一个人来到一个新国度，需要重新塑造自己是一种怎样的体验？

吴永熹：信仰以及信仰的冲突也是移民问题的一个重要方面。

鲁西迪：是的，移民首先会挑战你对自我身份的认知，然后就是你的信仰系统，因为你常常会发现自己来到了一个被完全不同的信仰系统包围的地方。人们的感受和你不同，他们信仰不同的神灵,或不信神灵,所以你无法将自己已知的事物看作理所当然,你必须对其重新思考。所以我想,如果小说是关于经历了这个挑战性时期的人们的,那么小说本身也应当去提出挑战,小说本身应当去向被人们看作理所当然的事物提出挑战。

所以这本小说的一个层面是对一个宗教的另类描绘,在书中这个宗教不叫伊斯兰教,而且它是出现在一个梦境场景中的。它想说的是,我是一个不信教的人,但我对这个主题非常感兴趣,我可以以怎样的非信仰者的、世俗的视角来看待这一现象?我猜有些人不喜欢我这么做。我上大学的时候研究过伊斯兰教诞生的故事,伊斯兰教的一个有趣之处在于,它是唯一一个创始于有史料记载的历史时期的主要宗教。我们有相关人物的历史记录,知道他们的生平、个性等等。《福音书》中的故事大约是基督诞生后的一百年写下的,但伊斯兰教不同。我们知道当时阿拉伯半岛的社会经济状况,我们对先知本人的家庭状况、个人生活有很多了解,这些都是有历史记载的。所以你可以以历史学者的视角对这个非常宏大的思想体系进行研究。这一点对我来说是非常有趣的,在某种意义上,这也是我过去的历史学训练在起作用。所以在小说中很短的一部分,在其中两章里——大概是600页中的75页吧——我写了这件事。小说中的一个人物有这样一些梦境,在他的梦中我描述了一个宗教的诞生，在书中这个教不叫伊斯兰教，先知不叫穆罕默德，城市不叫麦加。不过很显然，我是想对宗教是怎样诞生的、一个巨大的思想体系是怎样诞生的提供另外一种解读。很显然它不是一种正统的解读，而且有人不喜欢这种解读，于是如你所知，它带来了一场风暴。

吴永熹：霍梅尼和他的追随者说你是叛教者，但你根本就不是信徒。

鲁西迪：是啊，我不是信徒。其实他们肯定没有读过这本书。而且如果要往细了说，印度的穆斯林主要是逊尼派，我的家族就是来自逊尼派的传统，虽然我父母都不信教，但家族传统是这样的。而霍梅尼是什叶派教徒，这两派根本就不相干。这就好像天主教教皇要给新教徒判罪一样。其实它和宗教没关系，更主要的是它的政治动机。幸运的是那是很久以前的事了，我们挺过来了。

当然它是一场很重要的战斗，一场为了保卫许多重要之事的战斗。首先它是一场为了保卫言论自由的战斗，它也是一场抵抗国际恐怖主义的战斗。一个国家的元首可以下令杀害另一个国家的公民——这个公民在他自己的国家没有犯罪——然后派杀手来执行这一指令，这是人们闻所未闻的。所以这是一场重要的战斗，一场我们最后成功地赢得了胜利的战斗，他们被迫做出了让步。

现在这本小说大约有四十五种语言的版本在自由流通,就像其他的书一样,人们可以通过阅读来决定自己喜不喜欢它。终于,它被允许拥有了一本书的生命。人们是怎么看待一本书的呢?有些人喜欢它,有些人无法忍受它,有些人处于中间状态,说它只是还好。这没问题,书就是应该这样被看待的。没有一本书会让所有人都满意,最后我们会去读的是一个作家的书中会让我们满意的,忽视那些让我们不满意的。这才是正常状态。现在,在这么多年以后,《撒旦诗篇》终于成了这样一本书。有些人很喜欢它,有些人不太喜欢它,有些人在中间,这没问题。但它存活了下来,我对此很高兴。我想现在有很多人在研究它。很长一段时间里,那些不喜欢这本书的人制造了巨大的噪音,而现在谈论这本书的人是喜欢它的人,我很高兴我们抵达了这个阶段。

吴永熹:在霍梅尼派人追杀你的日子里,你的写作规律和工作状态有很大不同吗?

鲁西迪:并没有特别不同,当然想要写作确实更难一些,因为周围有很多噪音。要将这些噪音排除在外、集中精力写作需要你有相当强的自律。但是我的作家性格大概对我有所帮助。首先作家对独处是非常熟悉的,事实上你需要独处才能工作。

也许作家，尤其是小说家，要比大多数人更能应对孤独，因为这是他们日常生活的一部分。另外一点，写作会帮你培养专注力。现在我的注意力是很强的，当我工作的时候外部世界基本上就隐退了。这会让你与时间的关系变得很不一样，经常我以为只工作了一两个小时，但一看表我发现自己已经在那里坐了八九个小时了，我对时间的流逝毫无察觉。当然这种能力并非与生俱来，你需要去培养它，训练越多它就会变得越强。

我还觉得我是一个写书的人这一点也有好处。在那段有那么多"噪音"和危险的时间里，假如我是一个电影编剧，没有人会愿意去拍我写的电影，假如我是一个戏剧作家，没有剧院会愿意排我写的戏。幸运的是，写书是你一个人就可以做的事，完成了它才会出版。正因为我是一个作家，继续写作会比较容易一些。

吴永熹：但你需要为你的写作事业做一些争取吗？当时你出书确实存在一些困难。

鲁西迪：是的，确实存在一些困难。幸运的是我那时候已经是一个相当有名的作家了。我想如果我是一个籍籍无名的作家情况会困难得多，人们会离我远远的，我不会有任何权力。但那时候我已经写了两三本非常成功的书了，出版商对我的作品感兴趣是因为他们知道他们能卖很多书。你知道，出版商也是生意人。

因为当时我所处的位置，我最终克服了这些困难。那时确实有一些出版商走开了，但还有一些非常勇敢，存在不同的态度。我可以一个国家一个国家地告诉你，这个国家的出版商是勇敢的，这个国家的很胆小。那是一个狂暴的时期。但最后我的所有书在全世界都得到了出版。当时确实发生了一些可怕的事，在最初几年有一些翻译和出版人遭到了攻击……但我们挺了过来，这些书得到了出版并且现在还在版，最终战斗结束了，并且是以一种好的方式结束的。

吴永熹：你曾多次说过你不会去写追杀令时候的故事。

鲁西迪：我写了我的自传《约瑟夫·安东》……

吴永熹：对，那是你后来改变了想法。

鲁西迪：是的，我确实改变了想法。你知道，从这件事对我构成严重困扰到现在已经过去二十年了。过去的二十年中我的生活基本上是正常的——不管"正常"二字对作家来说意味着什么，因为作家总的来说不能算正常人……（笑）在问题年代过去后的很长一段时间里，我最不想做的事就是向那个方向回望。我想重新回去当一名作家，去讲故事、写小说、做我一直想做的事，而不是继续谈论那个话题。我就是这么做的，我去写了很多别的书。但我也知道那是一个很重要的故事，我不想让别人来讲述它，因为我是一个作家，我想自己去写我的故事。我告诉自己我要将这个时机交由直觉来决定，要等到我脑子里有声音告诉我说，"现在是时候去写这个故事了"，我才会去写。然后有一天，我脑子里有个细小的声音说，是时候写这个故事了。

有趣的是，当我坐下来开始写的时候，它是以一种极快的速度倾泻而出的，就好像是出了闸的洪水。《约瑟夫·安东》是我最长的一本书，有650页，但我只用了十五个月就写完了。它呼的一下就全出来了，就好像不得不如此一样——它不得不被讲述，并且最终得到了被讲述的机会。当我讲完这个故事的时候，我的感觉是，好了，现在一切都结束了，就好像我在下面画了一道线。对于我生命的那个时期，我不仅经历了它，我还说出了关于它的故事。现在我们可以往前走了。那种感觉就好像是卸下了一个我长期背负的重担。

吴永熹：但这本书也是有高度的现实相关性的。

鲁西迪：是的，我想写这本书的一个原因就是我不认为它仅仅是一个关于我的故事。它当然是一个关于我的故事，但围绕《撒旦诗篇》出版的那些事件在某种意义上是一个更大的冲突的先兆，我们现在都身处这个冲突之中。一开始是关于一个作家和一本书的小事件，但现在这场战斗已经成了当今世界的核心事件了。这是我写这本书的另外一个原因：首先是让读者去体会这本书，让他们在书中描述的境况中看到自己。然后是去说也许这是某件事的开端。现在我们知道这个"某件事"到底是什么了，尤其是在这个城市（纽约）遭到攻击之后。9·11时我就住在纽约，我记得一些非常资深的美国记者在袭击后告诉我，现在我理解在你身上发生的事情了。我在想，真的吗，需要成百上千的人死去你才能理解吗？然后我意识到这不是他们的意思，他们的意思是现在这件事也发生在他们身上了。所以我设想，写这本自传在某种意义上也是为了去指出这种联系——从一件很小的事有了一件惊天大事，一件事导向了另外一件事。这是写这本书的第二个意图。

吴永熹：你认为我们现在处于一个什么位置？我们可以对这一波的伊斯兰原教旨主义运动有怎样的预期？

鲁西迪：我不知道，答案是我不知道。它不会很快消失，但我认为这些向我们席卷而来的浪潮也会很快失去它们的动能。2001年的时候基地组织还是一个非常令人害怕的事物，但现在它已经不再那么令人害怕了。四五年前所谓的"伊斯兰国"或者说ISIS让大家都很害怕，现在看来，至少在军事上它很快就要被打败了，它很快就会失去最后的领地，将不再有"伊斯兰国"了。现在我们有第三波恐怖主义,一种低技术的恐怖主义——有人劫持一辆公交车在路上撞人。会有一些这样的事情。但我们需要等等看我们能想出什么样的办法来应对它们。我想我们确实是可以应对的,虽然并不是完全成功,并不总是足够有同情心。但我们应对了基地组织的威胁,我们也正在应对伊斯兰国的威胁。问题是,接下来还会有什么?

对我来说更重要的问题是,在"我们"身上会发生什么呢?因为我认为这些攻击的后果之一是它们撼动了西方民主的核心价值,因此有了一系列的民粹主义运动的崛起。在美国,在英国,现在我们得看看在法国大选中会发生什么(记者注:采访时法国大选正在举行)。对我来说,如果西方失去了对自身的信念,开始选择强人政治,这会是一件更令人担心的事。现在我对来自西方世界内部的危险比来自外部的危险更担心。本·拉登做梦都想象不到特朗普的上台。

吴永熹:你觉得特朗普的上台对我们来说意味着什么?

鲁西迪:我不知道。现在还太早了,他上台还不到一百天。但他确实让人害怕。我想很多作家和艺术家都在思考,在这样的一个世界里他们应该怎么做,我认为艺术家已经开始对此做出反应了。一件令人鼓舞的事是,这次选举对美国民众的政治动员程度是我以前从未见过的。历史上美国民众对政治是相当漠不关心的，即便是在这一次选举中，接近一半的登记选民都没有投票，我认为这种冷漠是导致特朗普上台的原因之一。但现在在两个阵营——不管是支持特朗普还是反对特朗普的阵营——都调动起了很多能量，人们对于他们需要做出的选择、付出的努力更加注意了。乐观地说，如果这件事能够提高民众对民主的参与度，长期来看可能是一件好事。但可以肯定的是，在此过程中会有许多坏事发生。

我相信会有许多小说和非虚构作品试图解释特朗普的上台，让我们看看它们会做出怎样的反应吧，而且政治黑暗的年代往往是艺术繁荣的年代。比如说苏联时代的文学是极为出众的，而后苏联时代的文学则要逊色得多。当作家和艺术家身处一个极为黑暗年代时，他们似乎能更好地接受挑战。所以让我们看看我们的作家和艺术家能否做到这一点吧。

吴永熹：你是一个非常国际化的作家，在你的小说中，西方与东方的相遇是一个一再出现的主题，这一主题在《佛罗伦萨的神女》中也出现了。但《神女》的有趣之处是，它既是一本历史小说，又是一本奇幻小说，同时还是一个旅行故事，你为什么决定将这几个元素结合起来？

鲁西迪：很重要的一点是我对那一段历史很感兴趣。文艺复兴时期的意大利和印度莫卧儿王朝总的来说在历史时段上是重合的，它们都是各自的国家在文化上的高峰期，而且都发展出了相似的思想，例如人文主义。在文化上，两个国家的这一时期都是绘画、诗歌、建筑极其繁荣的时期。但它们跟彼此几乎毫无接触，在现实中它们几乎都不知道对方的存在。于是我想，如果我去写一本书，在书中让它们彼此了解会发生什么？那会是一个什么样的故事？通常历史学家感兴趣的是事情是怎么样的，而小说家感兴趣的是如果事情不是像真实发生的那样，而是另外的样子，会是怎么样？

吴永熹：它会打开你的想象空间。

鲁西迪：是的。我开始想象有一些旅行者从西方来到了印度。这一时期达伽马来到了南部印度，西方和南部印度之间的香料贸易开始了。在莫卧儿帝国所在的北部印度，确实也有一些旅行者，但非常少。而在现实中没有从印度向西方旅行的故事。去得最远的是那些前往麦加等地朝圣的穆斯林朝圣者，但是没有记录记载有人到了西欧，去到了英国或法国宫廷，完全没有。于是我就想我要去编一个这样的故事，一个完成了这个反向旅程的例子。为了让这个故事更有趣——因为它更难写——我的这个旅行者会是一个女人。在那样一个男性主导的时代，一个女性要做这样穿越世界的旅行是非常困难的。我觉得这会是一个非常有趣的故事，这本书就是这么开始的。

吴永熹：你的这个女性角色非常有趣，她是一个"神女"。

鲁西迪：书中的主角是一个穿越世界的女人，她是莫卧儿的一位公主，来到佛罗伦萨后一些人却认为她是一个"神女"，或者说女巫。女巫的特点是，她是一个非常危险的角色。一方面人们觉得你很强大，因为你可以施加法力，所以人们都会有点怕你，但另一方面也有很多女巫被烧死了。所以如果别人说你是女巫那是非常危险的。于是，作为一个"神女"，一方面所有人都会爱上你，你充满魔力，但反过来他们可以说你是一个女巫，你是邪恶的。所以故事讲的是一个女人是怎样在一个经常充满敌意的男权世界上行走的。

吴永熹：就像你说的，这个故事很有趣的一个层面是人们对"神女"和"女巫"的定义常常是变动不居的，可以随意互换的。

鲁西迪：它就像一个刀锋。一方面人们敬仰她们，另一方面人们又害怕她们。不过，如果你去读当时那个年代的文学，比如当时最有名的诗人阿里奥斯托的名著《疯狂的奥兰多》，你会发现里面有好多女巫！人们随时都会碰见女巫，在那个时候，女巫也是人们常常会想到的事物。如果你去看文艺复兴时代的绘画，里面也有好多巫师、妖女。传统上的女巫是丑陋的，她的身体是扭曲的，她的声音很难听，但文艺复兴时代发生的一件有趣的事是，人们发明了"美丽的女巫"这一概念。你会发现这一时代的绘画中的女巫都是异常美丽的，而这种美丽不知怎么会增加她们的危险性，增强她们的法力。所以小说想要探索的另外一点是关于美。美丽是一把双刃剑，一方面它带给你某种权力，为你带来机会，但另外一方面人们会因此反对你、憎恨你，包括其他女人。所以小说讲的是一个美丽的女巫是怎样从一个世界来到另外一个世界，试图生存下去。

吴永熹：为了写这本书，你是不是参考了很多当时的文学和艺术作品？

鲁西迪：我想赋予这本书的感觉是让它读起来就像它讲述的那个时代写的书。不管是在印度还是在欧洲，当时的文学都有非常深厚的寓言传统，里面充斥着龙、恶魔这样的东西，当然还有巫师。当时的人们读的是这样的东西。我想要把这本书写成书里的人可能会想读的书的样子，所以书中的很多灵感来自当时的文学和艺术，包括东方和西方的。再一次地，你会发现它们是多么相似，在没有任何接触的情况下人们的想象力是多么地相似。这对我来说也是很有趣的。但我要做的是把所有这些五百年前的材料融汇进来，写一本有现代感的书。

吴永熹：当人们谈起你的作品时他们经常谈到魔幻现实主

义,但我认为真正驱动你的小说的其实是"讲故事"。小说中"讲故事"的欲望很强烈,故事中常常有一个叙事者,作品中还常常会对"讲故事"这一概念本身进行思考。但"讲故事"是属于一个更古老的、口头文学的传统的,你在作品中试图让它变新、变得更现代。

鲁西迪:是的,我觉得你分析得非常好。我觉得如果你能给人们讲一个有趣的故事,他们会愿意倾听你想讲的一切。如果你能让他们一直对故事保持兴趣,你就什么都可以讲了,所以,讲故事是探索观念、呈现不同文化的好方法。特别在我们这样一个时代,如果没有强大的叙事动力,人们的注意力就会涣散。这就好比说,如果你想组装一部大汽车,你得在里面装一个大马达,一个用小马达驱动的大车是没用的。对我来说,"故事"就是马达,是一本书的驱动器,如果你有一个强大的马达,人们会喜欢坐在你的车里。所以对我来说,有一个故事要讲一直都是非常重要的。

我认为人们在用"魔幻现实主义"这样的词时已经变得太随意了,它是描述一个作家的一种偷懒的方法。"魔幻现实主义"是20世纪50到70年代拉丁美洲文学中一个重要的流派,我认为这个词应该被保留下来用以描述这些作家。但是事实上,在"魔幻现实主义"、法国的"超现实主义"、北美的"寓言主义"之间并没有什么本质的区别。我们不会把像对卡夫卡、果戈理和布尔加科夫这样的作家称作"魔幻现实主义"作家，但如果你想说卡夫卡的《变形记》是魔幻现实主义，那就是魔幻现实主义——一个男人突然间变成了一只甲虫。重要的是，最好的故事总是试图对你讲述关于人性或人类社会的一些真相，或是两者兼有。文学的使命总是揭示真相，它的使命是试图了解人类是怎么回事，人们怎样互动，怎样共处，怎样陷入或失去爱情，他们是怎样的一种动物。我们能够阅读彼此的文学的原因之一是，人性是共通的，不管是中国的农村还是美国的大都市，人在本质上是相似的，那些驱动我们的事物是相同的。所以我们能够读懂来自全世界的文学，并从中找到自身。对我来说，这一点永远是最重要的问题。至于写作的技术，有时候是魔幻的，有时候是现实主义的，但它是第二位的。真正的使命是展现真相。

吴永熹："移民"或"流徒"是你作品中常常出现的主题，你认为"流徒"对你来说意味着什么？

鲁西迪：南亚人一个有趣的地方是他们迁徙到了世界各地。我不知道中国有多少印度人，但在全世界的其他任何地方你都会发现印度人的社区。印度移民社区现在已经成了一个重要的现象，我们知道印度人在硅谷是非常成功的，在全世界的很多其他地方也是，所以，我们显然对"移民"这种状况是非常适应的。但有一点，在印度人的世界里，在印度国内的印度人常常觉得移民在外的印度人是难以理解的，因为他们的行为模式发生了变化，他们的行为和传统的印度人不再相同了。

我觉得很有趣的一点是，美国的文学正是因为这些来自世界各地的作家被大大地丰富化了。历史上美国文学一直都受到了移民的影响，不管是东欧犹太人移民还是意大利移民——这两组人的影响可能是最明显的——但在我们所处的这个移民时代，美国有了来自全世界的作家。比如一个很棒的作家李翊云是在中国出生的，黎南来自越南（注：黎南为澳大利亚籍，曾就读于美国爱荷华大学写作班），朱诺特·迪亚兹来自多米尼加共和国，裘帕·拉希莉来自南亚，这些作家都是美国作家，他们自认为是美国作家，但他们的历史则来自世界各地。他们将世界装在了他们的旅行箱里，然后他们打开旅行箱，将这些内容补充进了美国文学，他们极大地充实了美国文学。作为一个更年长的作家，这些年轻作家给了我很多启发。我想，我也可以这么做，我也来自别的地方，我的旅行箱里也装着一些东西。我也可以把我的旅行箱打开，把里面的东西朝帝国大厦扔过去，看看会发生什么。所以我也在这样写。

吴永熹：你的新书是关于美国的。

鲁西迪：我过去也写过关于美国的书。《她脚下的世界》有一半是关于美国的，但写的是70年代的纽约，那时的纽约是一个和现在很不一样的城市。《愤怒》(Fury)也是关于纽约的。这本新书叫《金屋》(The Golden House)，它不是一个奇幻故事，它基本上完全是现实主义的，故事发生在格林威治村，但是写的是一个移民家庭。我希望它描写的当下的纽约是可信的。我们等着看吧。写这本书对我来说是一个变化，特别是在写完上一本书《两年八个月和二十八天》以后。因为在上一本书里，我将寓言主义推到了极致，只是刚好没让它跌落下去。我想在我把魔幻主义推了那么远之后，这次最好还是往另一个方向走吧，所以我离开了魔幻主义，回到了一个更加现实主义的传统。我们等着看吧，这本书会在九月份出版。

吴永熹：你有一个固定的写作时间表吗？

鲁西迪：我就是整天在写。我早上就开始写，一直写到写不动了为止。

吴永熹：有些人说他们会在中午之前停止写作，你有什么类似的规矩吗？

鲁西迪：我没有这样的规矩。不是说我时时刻刻都在写，有时候我会出去散步，但总的来说，我会在写不动之前一直写下去。这就意味着随着一本书的推进我一天里工作的时间会越来越长，因为在你刚开始写一本书、刚构建这本书的世界的时候，你的进展总是很慢的，因为你不仅在创造书中的人物，还有他们所在的世界。这时候你需要特别小心，因为这个时候如果走错一步，后面你将要付出代价。所以创造人物和世界的这个阶段是进展缓慢的。但慢慢地你会获得一些速度。我发现在写书的最后100页时总是比前100页快三到四倍，因为那时候你已经把球推上了山，现在它是开始往山下滚了，所以它获得了加速度。如果你的方法是对的，书中所有的元素会联结起来，你要做的是将所有元素推向一个令人满意的结尾。这时你已经把事物创造出来了，你要做的是回答这些你创造出来的事物需要去往何方。所以书的开头总是最慢的，而最后的章节是写得最快的。然后就是不断地修改再修改。在这个阶段我是相当疯狂的，我会一直改到出版社说你必须停止，因为这本书今天就要下印厂了。这时候我才会停下来。但只要我还能改，哪怕只是改动一个标点，去掉一个形容词，或是将某个表达改得更好一些，我还是会去改。直到我必须停下来。因为他们要去印书了，整个过程也就结束了。

后记

　　这个集子收录了过去十年间我对十七位国际作家的访谈。他们中不乏中国读者耳熟能详的名字：帕慕克、弗兰岑、保罗·奥斯特、萨尔曼·鲁西迪……这些访谈最初都曾以单篇文章的形式和读者见面：从最初的《新京报》"书评周刊"，到腾讯新闻文化频道的海外文化报道，到《时尚先生》的"巨匠与杰作"系列。它们在最初发表时多被给予了重要的版面和足够的篇幅。并且，在文章发表之后，每每获得了不错的反响。这么说不是出于自夸。我当然知道，这些文章获得的关注是出于作家本人的声名和重要性，出于他们对写作的深刻洞见。在其中，访谈者不过充当了某种类似"媒介"的角色。不论是前期准备的采访提纲，还是访谈现场时的氛围和提问技巧（如果它确实存在），都不过是为了让作家感到舒适和安全；让他们能够进入到某种接近最初文学创作时的灵感空间，引导他们说出自己独一无二的关于写作的秘密。当然，我能够有机会接触到这些国际大作家，和我这些年身在纽约这一文学之都的事实大约也是分不开的。

一直以来都有朋友鼓励我将这些访谈文章结集出版。但我一直并未将此事放在心上，可能是心里并不觉得我的工作有什么了不起的难度和贡献。后来才想到，虽然我是这些文章的署名作者，但它们真正的作者其实是那一个个将毕生心血投入在写作事业上、获得万千读者喜爱的作家啊。而在这些访谈中，他们的确是真诚而慷慨地说出了许多关于文学、关于写作，以及更广大的生命体验的真知灼见。能够有机会将这些文字汇聚在一起，让它们获得第二次生命，何尝不是一件好事呢？并且我知道，"作家访谈"这一文类，是有着它独特的吸引力和为之着迷的受众群体的。

要特别感谢作家好友文珍和柳营一直以来对我的鼓励。是文珍在新冠疫情爆发前来访纽约时的提议，以及之后的敦促和牵线搭桥，直接促成了本书的出版。要感谢这些文章最初的编辑：萧三郎、涂志刚、邓玲玲、张英、陈军吉、张中江、杨敏、谢如颖等人。特别感谢腾讯新闻文化频道曾任编辑陈军吉女士长期的信任和支持，这本书有约半数文章是经她之手最初编辑发表的。谢谢本书责任编辑赵萍女士、秦雪莹女士的细心与耐心。谢谢作家毕飞宇、格非和止庵老师，以及随机波动主播冷建国老师的推荐。这本书的修改和编辑工作多在新冠疫情期间完成，在此期间，世事多有变迁，我也和一些曾经合作过的编辑一样，离开了文化媒体行业。但我相信，我们这些曾长时间被文学触动过的人，此生都不会离开文学太远。在某种意义上，这本书也是对逝去时光的一种纪念。